小峯和明
KOMINE Kazuaki

東奔西走——中世文学から世界の回路へ

Touhon seisou : Chusei bungaku kara Sekai no kairo e

笠間書院

●イサム・ノグチの桃太郎にて（ニューヨーク郊外）

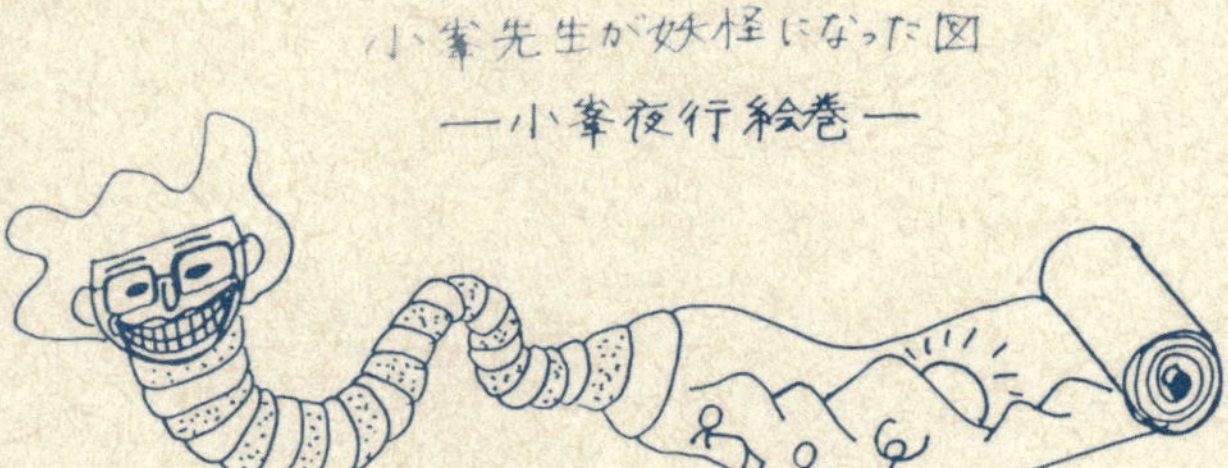

●絵巻の虫（吉橋さやか作）

東奔西走——中世文学から世界の回路へ

はしがき——「人の交わりにも季節あり」

立教大学に十八年間勤めて、この度、定年退職を迎えるにあたり、今までに書いた短文類をまとめて形にし、お世話になった方々への御礼としたいと思うようになった。特に今までの論文集などに入れられなかった短いエッセイ等をも集めて読みやすいものをと考えた。集めてみると資料調査に赴いた時のものが多く、旅の印象なども交えて異文化に焦点をあてることができ、海外のみならず、琉球や尼寺など国内にも当てはまるように思える。国文学研究資料館在任中、沖縄や対馬など意識的に中央から遠い地区を好んで調査を担当した時のことが懐かしく思い起こされてくる。そこまで意識して書いていたわけでもないのだが、おのずと、海外篇と国内篇に分かれた。折々に、その都度、機会を与えられたり、またみずから意識して各地に赴き、忘れ得ぬ多くの人に出会い、また貴重な資料にも巡りあうことができた。西へ東へ、よく旅をしたものだと感慨もひとしおで、タイトルもおのずと「東奔西走《とうほんせいそう》」となった次第。

南方熊楠が晩年、若い頃ロンドンで親交を結んだ孫文のことを回想して、「人の交わりにも季節あり」と言ったのはけだし名言である。人との出会いと別れは、季節がめぐりくるように、あるいは波のうねりのように、寄せてはかえし、かえしては寄せる、時として熱く（篤く）、また時として冷めて（醒めて）くりかえし、揺れ動いていく。人生とはそういうもののように思え、熊楠の言葉をいつもかみしめている。

出会いは人ばかりではなく、書物や資料ともそうである。まるで向こうが見つけられるのを待っていたかのような運命的な出会いもある。一方、不幸にして見る機会を得ず、縁がないままに終わってしまう場合も少なくない。量からいったら後者の方が多いだろう。

あの日あの時、ある人と会うことは他の人と会わない、会えないことでもある。出会いが運命を変えるとすれば、出会わないこともまた運命を変えているのだろう。それはもはや人智を越えている。目に見えない糸にあやつられ、たぐりよせられるようにして、人は生きているのだろう。

ここにつどった文章もまたそのような数々の出会いがなければ生まれ得なかったものに違いない。がむしゃらに突き進んできて、ふと振り返れば一筋の径が出来ている。違う径をたどればまた違った風景が見えただろう。そういう可能性をもあわせもって、それぞれの時空の出会いがある。本書はそうした出会いの賜物として紡ぎ出されている。それが私の研究に生きる力となり、支えとなった、と今にして思う。

時間差のある文章がつどうことになったし、内容の重複もあるが、その時々の文章の呼吸を生かすためにも、また自分なりに読みかえしても研究論文とはまた違う味わいがあるものもあり、愛着をおぼえるものもあるので、なるべく初出時のままにした。

今後も知力と体力の続く限り研究を続けるだろうし、これで終わりではないが、ひとまずの区切りとしたい。研究に打ち込み、文章を書いていくのは個人の営みではあるが、それが多くの人に支えられてあることを今さらながらに認識させられている。ことに研究は過去の営々たる遺産や成果を受け継ぐことなしにはありえない。過去も未来も見ぬ世の人とのつらなりに自らもある。研究は一人でやるものではなく、協働こそが研究の神髄であろう。今まで小さな研究会や共同研究を中心に活動してきたのもそういう信念からである。

もとより内外の研究者や関係者の方々から受けた恩恵は限りないが、とりわけ学部の卒論ゼミ、大学院ゼミの院生や留学生など、若い人たちとの学びあいが私には意義深く、ゼミや研究会の合宿など、あまたの思い出が脳裡によみがえってくる。毎年のように出している卒業論文集『おそつろんさうし』も十数巻を数えるまでになった。

また、いつも私のわがままを受け入れ、しばしば旅にも同行して何かと陰で支えてくれた妻や癒しの源でもある孫達の家族にも深く感謝したい。

一研究者のまさに細い管から世界をのぞいてみたにすぎないものではあるが、これまで歩んできた道筋のあかしとして、お世話になった多くの方々への感謝の思いを込めて小著を贈りたいと思う。この細いわだちを若い研究者が少しでも太い径に踏み固めてくれることを願いつつ。

いつもながら、刊行を快諾された池田つや子社長、盟友ともいうべき橋本孝編集長、編集担当の岡田圭介氏に篤く御礼申し上げる。

二〇一三年一月二十八日

小峯和明

阿波の大楠樹を見入る

◉目次

Ⅲ アジアを往く 143

Ⅳ 日本を往く 199

Ⅰ 中世文学から世界の回路へ

パリのホテルで（2005年６月）。

1　文学研究の意義
――古典文学の立場から

2009年
『同志社大学国文学会報』三十六号

二〇〇八年十二月二十三日、本学（同志社大学）至誠館三階会議室にて、院生部会主催の講演会が開催された。講師には小峯和明氏（立教大学教授・中世文学）を迎え、「文学研究の意義―古典文学の立場から―」というタイトルで講演して頂いた。その話題としては、研究の意義から始まり、社会情勢を含めた昨今の研究を取り巻く状況、文学の意義へと続き、ひいては院生に対する提言にいたるまで多岐にわたった。『今昔物語集の形成と構造』（笠間書院、一九八五、補訂版一九九三年）、『院政期文学論』（笠間書院、二〇〇六年）、『中世日本の予言書―〈未来記〉を読む―』（岩波書店、二〇〇七年）など、小峯氏の多数の著作から分かるように、その探究心は多岐にわたっており、それを象徴するかのような講演であった。それはまた、氏の研究の一端を垣間見ることのできる、またとない好機であったといえる。

〈内容紹介〉

学問とは人間の研究である。その研究の意義とは根源的な問いかけであり、突き詰めると生きることの意義にまで係わることである。

「研究を支えるものは、ひとえにパッションとエネルギーである。」

そのため、研究を持続させる根本的エネルギーである〝好き〟という感情が重要である。

しかしその研究の継続を困難にする状況、すなわち研究職への競争の激化という事実が存在する。要因として、文学の教養主義からの脱落、理系重視の行政と人文系の予算削減、教育の古典軽視などがある。文部科学省にも蔓延する、即効性への期待や成果への渇望が、社会からの要請として存在している。対して文学の成果は、時間が掛かる上に形になりにくく、目に見えにくい。そこに文学の必要性への懐疑が抱かれる。

生きる上で文学が必要であることは疑いのない事実である。人は虚構によって心の充足を願い、現実に得られないものを求める。そうして想像力や感性を育て、磨き上げるのが文学の力であり、感受性や感性などを養う意味でも文学は大事である。そういったものの表現の起こりや方法、あり方を追求するのが文学研究である。

近代における国文学の起源は、西洋に対する日本の再発見に求められるので、文学研究にはナショナリティが介在する。つまりそれは結局のところ、〝日本〟に還元されることに価値が見出されてきたのである。そのような流れの中で、時代別、ジャンル別に囲い込まれ、現代まで連綿と体制を維持してきた学会、大学組織などは、いずれ再編されるだろう。

「日本とは何か。」

こう繰り返されてきた問いを、どうインターナショナルに押し開くかが問題となる。そこで日本文学の定義が必要となるが、しかし抑々日本文学の定義とは何か。その定義を決めるのは困難である。

「文学を国民国家論的に分けることに意味はない。」

対して古典の定義は明快で、現代に価値を認められ、見出されてきたものが古典である。そこには絶対的な権威などなく、常に新しい解釈を与えられ、絶えず読みの更新がなされる。その価値は我々現代人が決定するものであって、古典は我々が創造しているのだと言ってよい。その古典にも様々な位相があり、まず未知の古典と既知の古典とに分けられる。さらに既知の古典は、テキストの正典化・増殖・遺忘と発見・散逸を基準として四つに分類することができるだろう。

このような古典は、教科書や受験などによって育まれた文法主体の古典教育の弊害で、つまらないものにされてきた。そこで研究者は古典創造の仕掛け人となり、そのおもしろさを伝え広めていく必要がある。研究者が、〝好き〟の説明に説得力を持たせ、他者に影響を及ぼすべきなのである。そのためにも未知の古典の発掘を絶えず続け、既知の古典の、読みの更新を通じての活性化をはかっていく事が求められている。

これだけ多くの古典が残されている地域は多くなく、日本はそのような活動に適していると言える。そしてこの文化を世界に発信していきたいと考えている。そこで問題となるのが言葉の壁で、古典の紹介には翻訳が必要である。さらに海外の優れた研究を知るためにも翻訳が必要となる。このことから、外国語の習得がこれからの研究者に求められるだろう。それはまた、次の観点からも必要である。

「特定の作家、作品、ジャンル、時代に固定化した純粋無垢の単発の専門だけでは立ちゆかなくなる。時代やジャンルを越えるか、文学以外の歴史、民俗、宗教、美術等々もあわせた専攻を複合的に輻輳させるべきである。」

加えて、一次資料を読める能力も必要である。そういった能力を育てることが軽視されているが、人文学の基本は資料学にある。この能力の欠如は研究だけではなく、日本の文化全体の後退につながってしまう。

今後の展望と課題として、二つの柱（学際と国際）と三つのキイワード（生命学・東アジア・絵画）から提言をしたい。

一つめは生命学への架橋である。いかなる分野にも対応できる総合的な参照性を持つのが文学の強みである。また、他分野と競合してはじめて見えてくるものがあると考える。

二つめは比較研究の方法論である。まずは漢文文化圏という括りから比較研究を始めるのが妥当だろう。しかしここで気をつけるべきは、従来の和漢比較文学研究の手法が、日中の一対一の、しかも日本への一方通行的な受容論であったことである。一方的な受容には、国文学（＝日本の学問）の域を出ないという限界がある。また、日中の間の朝鮮を飛ばしていたことへの猛省がある。比較対象双方へのまなざしとして、比較から共有へと変化させていくべきではないか。そのための分野・時代を問わない協同研究の協力体制作り、交流が必要である。

三つめは図像資料の海外調査と解題研究である。海外にも多くの日本関連の重要な図像資料があり、研究に用いるための利便性がはかられている。日本においても、図像資料の詞書と図像との関係をそのままに閲覧できるものが必要である。解題研究では関連諸分野の協力体制が望まれる。

最後に、若い研究者に伝えたいことをまとめる。まず専門を複数持ち、輻輳化すること。またフィールドワークや一次資料など、実地の調査を経験すること。最後に小さい問題と大きい問題との往還の構想を持って研究に望むこと。これらのことに気を配って研究に励んでもらいたい。

〔講演を終えて〕

小峯氏のジャンルに捕らわれない広い視野は、氏が以前から持ち続けてきた問題意識と関連しているようである。

「説話集の系譜的な流れを見る縦割りの文学史でなく、ジャンルの枠をはずし、横のつらなりをみる、いわば輪切りにした断面の文学史を構築したい、というのが以前からの念願でもある。」(『今昔物語集の形成と構造』)

また「異文化交流」と題された小峯氏の最近の著述の中に、次のような記述がある。

「文学はもとより文化全般においてまったく他と隔絶した純粋無垢のものはありえない。すべて異文化ないし多文化の交差から生まれるのが常識であるはずだが、従来の日本文学研究はこの点をあまりに排除ないし無視しすぎてきた。（中略）異文化交流の姿から新しい文学像を記述しなおす必要があるだろう。」（『今昔物語集を読む』吉川弘文館、二〇〇八年）

講演会に出席していた人は、引用文と似た内容のお話があったことは覚えておられることだろう。本講演会は、研究の意義を話して頂いたその裏に、小峯氏の研究とその経験が息づいていたのである。中世文学の研究者である前田雅之氏は、小峯氏を「顕密」的と表現した（『今昔物語集の世界構想』笠間書院、一九九九年）が、そのことばを体感した講演会であった。

なお、小峯氏の講演は約三時間に及び、また氏の膨大な研究に基づいた内容であった。よって一介の院生にすぎない筆者が、小峯氏の講演の趣意を十分に理解できているか、またそれを適切に表現し得たか、自信が持てない。講演内容に関連するものとして、『中古文学』第七十九号に、シンポジウムの小峯氏の基調報告とその質疑応答がある。筆者の不理解と悪文による誤解を避けるためにも、一読されることをお勧めする。

※本稿は同志社大学文学部博士課程前期、鈴木亘氏によるものである。

2

古典学の再構築をめざして

——平安文学研究の内なる〈他者性〉

『中古文学』第七十九号

2007年

はじめに

中古文学会は八〇年代前半の徳島時代の数年間、会員であったが、その後退会しており、いわば前科者であり、今回お呼びいただき恐縮である。ご依頼いただいた時の最初の印象は何で今さらこういうシンポをやるのか、時すでに遅しではないのか、というのが正直な感想であった。中古文学会は個別の研究発表でずっと通してきたわけで、このようなシンポはほとんどはじめての企画に近いのではないか（過去に『源氏物語』をどう読むかのシンポはあったが）。

ちなみに現在、立教大学が事務局を担当している中世文学会は、二〇〇五年度に五〇周年を迎え、資料学、メディア、身体、人と現場といった切り口から、比較的大がかりな記念のシンポジウムを行った。歴史、美術、芸能など多方面の専門家を招いて文字通り学際的なシンポが実現でき、盛会であった。その報告集も秋の信州大学での大会を機に笠間書院から刊行したので、ご覧いただければ幸いである（『中世文学研究は日本文化を解明できるか』、二〇〇六年）。また、二〇〇五年十一月には沖縄の琉球大学ではじめて大会を開催、「琉球文学の中世」のテーマでシンポを組んだ（詳細は『中世文学』五一号参照）。さらに二〇〇六年六月の大会は、「中世文学研究の起源」というテーマでシンポを行った。その後はもとの木阿弥に戻ってしまったような感じもするが、結果や成功のいかんはさておき、中世ではいろいろな取り組みを行っており、さまざまな局面で研究の見直しの時期にきていることを痛感させられる。ちなみに立教大学の日本文学科も二〇〇六年に創設五〇周年を迎え、秋に国際会議を開催した（報告書『二十一世紀の日本文学研究』）。

国際といえば、私の好きなアイルランドの歌姫エンヤが昨年出したアルバム『アマランタイン』の一曲に日本語の歌詞で作った「すみれぐさ」があり、パナソニックのコマーシャルソングにもなったので、ご存じの方も多いかも知れないが、その詩の冒頭が「もののあはれむらさきいろのはな」であったことはいかにも象徴的である。エンヤは芭蕉の影響を受けているらしいが、もはや「もののあはれ」は世界語になったといいうる。

このようにみてくると、あちこちで言い古されているように、やはり「国際と学際」がこの種のシンポのキイワードになってくる。それをたくみに言い当てているのが、二〇〇六年に惜しくも亡くなった中世和歌の牽引者であった川平ひとし氏の遺稿のひとつ、和歌文学会

のこれも五〇周年記念のエッセイ「内なる他者性」(『和歌文学研究』九二号、二〇〇六年)である。そこで川平氏は、

「隣りにあるもの、つながっているもの、なお異なっているもの」＝otherness
「身近にあるもの、隠れているもの、なお知らないでいるもの」＝ownness

という言い方でとらえている。

この川平氏の提言は外国の研究者を意識したものだが、これを受けて平安文学研究の「内なる他者性」の問題をここでは提起したいと思う。また、現在の多様化し多極化した日本文学研究を、ある程度包括できる概念として「古典学」を標榜したい。「古典学」は近代文学の分野でも無縁ではありえないわけで、あらたな地平の開拓をめざしたい。

中古文学会の会誌の総目次を見渡すと、ほとんど平安時代の仮名の物語、日記、和歌に集中し、わずかに漢詩文が入り、あとは中近世の注釈や絵画がとりあげられるくらいで、個々人のフィールドは別として、外からみると学会総体としてはきわめて範囲が限定されたピュアな学会という印象である。あまり夾雑物が入らない、もしくは入れない団体で、たとえば『今昔物語集』の論文は一本のみである。少なくとも総目次を見る限りでは、「他者性」を意識した研究の運動体とはいいがたい。あまりに均質的、一元的、自閉的で、特定分野を深めることはもちろん必要ではあるが、いかにも狭い領域をカバーするには千人以上もの会員は

多すぎるし、無駄のように思う。これを改革するには、仮名文字文芸の一極集中化を避けるか、解消ないし解体するしか方策がないだろう。

もとより平安文学研究総体としては、『想像する平安文学』全八巻（勉誠出版、二〇〇一〜〇三年）のような果敢な試みもなされているわけではあるが、ここでは私なりの立場から述べてみたい。

いささか前置きが長くなったが、ここでいう「他者性」の指標に、地域、時代、領域・媒体との三つを掲げ、すべてにわたって従来のあり方を「超える」、越境の方策を提言したいと思う。もとよりこれもすでに言い古されたテーマには違いないが、越境そのものの不断の検証が必要であるし、この三つは相互に関連しあう。なお、ここでは学会組織以外には「中古文学」を使わず、「平安文学」に用語を統一する。

1　地域を超える

第一の「地域を超える」は現在、多方面で関心が集まっている東アジアが指標になる。かつての大東亜共栄圏の再来を危惧する見方もあるが、政治経済一辺倒にならないためにも文化面の人的、物的、心的交流の活性化がもとめられている。二〇〇五年、雑誌『文学』で京大人文研の中国文学者金文京氏らと試みた「東アジアの〈漢文文化圏〉」の提唱（二〇〇五年一一・一二月号）はその一環である。これは東アジアの比較漢文説話をテーマとする科研活動の一環でもあり、中国、韓国、ベトナム、沖縄における資料調査をふまえての成果であり、従来の漢字文化圏ではなく、その文章表現や文章構造に分け入って解析するために、あえて〈漢文文化圏〉の用語を提起した。東アジアといえば、和漢比較文学研究の蓄積があるが、その多くは日本と中国中心の一対一対応の、しかも日本側の受容論に終始しており、結局は日本のものに還元することに収束＝終息してしまう。点と線のつながりでしかないわけで、これを朝鮮半島やベトナム、琉球まで視野に入れて多面的、多極的に見ていこうという趣旨である。とりわけこれは私自身の反省でもあるが、日中の比較ばかりで、間の朝鮮を欠落させていたのは大変な失策であったと思う。

ここでの論点は以下の三点があげられる。

① 第一に「漢文文化圏」というと、漢籍・仏典の聖典、カノンに集約されがちであるが、これを相対化する概念の、アンチ・カノンとして「説話」を意義付けなおして、伝奇、志怪小説類はもとより、霊験記、僧聖伝、寺社縁起、説経、法会唱導、仏典注釈、街談巷説、笑話、民譚等々のテキストや聞書、翻訳、翻案をもあわせた概念として対象化し、「比較漢文説話学」を展開したいと考える。これはたんに説話の研究というだけではなく、仮名の物語や日記などにも波及する問題で、近年、フランス極東学院が精力的に進めている東アジアの漢文小説の翻刻紹介の仕事などともかかわってくるだろう。

たとえば、古くは新羅を対象とする説話集に『新羅殊異伝《しらぎしゅいでん》』という作品がある（成立は高麗初期か）。これは逸文だけが伝わる小品ではあるが、高麗の『三国遺事』などにも先行する。伝奇、志怪、霊験、縁起等々の要素や民譚的な色合いと同時に、中国故事をふまえた漢文のレトリック表現も含む朝鮮古典の起点として注目されるもので、日・朝・中の交流を媒介にしており、平安文学との比較研究がよりなされるべき対象であろう。ほかに時代は下がるが、ベトナム『禅苑集英』という僧伝説話、中国明の仏伝『釈氏源流』、琉球の説話集『遺老説伝』なども東アジアレベルのひろがりから無視できない。これらとの比較研究によってあらたな世界がひらけてくるだろう。

ついでにいえば、ごく最近、正倉院の経典から新羅作のものが出現したとの報道があったが、美術史でもいわれているように（井手誠之輔）、仏画、写経典などはもともと国籍を問う意味がどの程度あるのかと思わせるほど共通していて、無国籍というか、東アジア産といってよいような逸品が少なくない。

② 第二に、漢字から派生した仮名を相対化させるために、朝鮮のハングル、ベトナムのチュノムなどを視野に入れ、漢字・非漢字混淆文の位相差をはかることである。訓読や訓点の問題は日本だけではない。朝鮮での角筆や吏読、口訣などもあわせて、漢文訓読や漢字・非漢字混じり文の表現相を読み解いていきたい。先述の『文学』の座談会で金文京氏が述べているように、たとえば仮名とハングルは「宮廷文学と女性」の問題に直結する。女性の書く

情緒的、纏綿的な物語という特性は、仮名でもハングルでも変わらないわけで、時代は違っていても社会環境の同一性によって、似たような文芸が生み出されるのである（シラネ・ハルオ氏によれば、これはフランスでも同様）。地域を超えることは、必然的に時代差を超えることをも意味し、たがいに連動している。

③ 第三に、東アジアで発達した学芸とのかかわりがあげられる。ひとまず関連諸学とのかかわりとするが、東アジアを特徴づける律令、儒仏道教にとどまらず、本草学、医学、兵法、陰陽道、風水等々の分野との比較研究を行うべきだとの提言である。これらの課題を理念的、観念的にではなく、あくまで各地域に伝わる生の一次資料から掘り起こし検証する、〈資料学〉として追究したいと考えている。これについてはまた後でふれたい。

また、詳しく述べる余裕はないが、「地域を超える」には、同時に国内での地域学へのまなざしも必要で、「京都を超える」が鍵になる。平安文学の多くは京都産には違いないが、それが後にどうなったのかを見る上で、たとえば錦仁氏の小野小町の伝承研究に代表されるような地域誌や在地資料の発掘と読み直しがもっとあってよい。それは結果として民俗学の再生にもつながるかもしれないが、錦氏の例でいえば、その地域研究があらたな和歌研究の活性化につながっているのである。

2　時代を超える

「地域を超える」について「時代を超える」であるが、これは今の地域を超えることがそのまま時代を超えることに通ずるわけで、ことに平安文学は古典学の始源としての意義をもっており、後代への視線は欠かせない。これに関しては、『源氏物語』を主とする近年の三田村雅子氏らの精力的な研究があるので、ことさら述べ立てる必要はないだろう。中世・近世・近現代への路線開拓は近年の平安文学研究の最も評価される面である。古典学の観点からは、日本紀、古今、伊勢、源氏、和漢朗詠、太子伝等々がいわばカノン化したもので、その注釈学とあらたな文化創造の展開相が急速に解明されつつある。しかし、問題はそれが源氏帝国主義ともいえるほど、あまりに『源氏物語』のみにかたよっているところにある。

『源氏』『古今』『伊勢』などの諸作品はまさに古典学の王道というべきであるが、それと同時に見落とせないのは、アンチ・カノンとサブカルチャーへの視座であろう。たとえば、物語でいえば、『うつほ物語』はお伽草子などにひきつがれはするものの、上の諸テキストに比べてカノン化したとはいいにくい。これをもっと中世・近世から読み返す方法がとられてもよいだろう。たとえば、寺院社会の底辺たる「大童子」の用例がこの物語を初例としたり、民俗レベルの「天狗」も同様で、中世に著しい語彙表現をたどっていくと、『うつほ物語』にたどりつくケースがまま見受けられる。中世から読み直していけるのではないだろうか。

あるいは、予言書・未来記とその注釈なども、『聖徳太子未来記』は一種のカノン的なものになるわけで、託宣や遺告の問題とあわせて、通時代的な検証が必要である（〈予言文学〉として提唱）。中世の聖徳太子伝がほとんど『聖徳太子伝暦』をもとにしており、これもカノンとしての読みが可能であるにもかかわらず、平安文学研究からの関心はいまひとつ低いように思う。

時代を超える問題はすでに共有されていると思われるので、これ以上は今はふれない。

3 領域・媒体を超える

第三の越境は、領域・媒体であり、ジャンルと言い換えてもよいだろう。これもやり出すと際限がなくなるので、ここでは仏教と絵画の二つだけ取り上げる。

① 第一は、仏教学の復権で、法会文芸と漢訳仏典の再評価の二点から述べたい。寺院に所蔵される資料の総体を「聖教」というが（非仏教、外典も含む）、近年の中世文学研究の著しい進展がここにあり、それとの連携が課題となるだろう。しかもこれをたんに各地の寺院や文庫に所蔵される膨大な資料からの個別の宝探しではなく、そうした資料群の形成過程、

コレクション自体の形成、知と学の総体をとらえることが課題となる。

そして、私見ではこれをさらに〈法会学〉の一環としての「法会文芸」につなげていきたいと考える。「法会文芸」とは、私が試みに言い出したことで、まだ充分市民権を得てはいないが、これも近年、寺院社会史を中心に美術、建築、芸能、民俗、儀礼等々さまざまな分野から法会に焦点が集まり、今や〈法会学〉として確立しつつある分野で、寺院社会の最も根幹をなすのが仏事法会の儀礼であったことが認識されてきている。これを受けて、「文芸」概念の「芸」を「芸術」ではなく、「芸能」ととらえ、法会にまつわる言説、表現、そこには法会の主催者や遂行者ら担い手ばかりでなく、聴聞者や参集者の対応、反応までをも含みこむ広義の「法会文芸」を提唱している。

多くの文芸が法会を起点に誕生し、発信され、また法会の場に集約され、回収されていく、そういう循環運動の表現磁場としてある。平安期は特に法会が高度に発達し、多様に展開した時代で、歌会などもあわせた「会」の文化、儀礼と芸能など、多方面の問題設定が可能である。直接的には、願文、表白、経釈、論議などが基幹資料となるが、聴聞衆側を視野に入れれば、『大鏡』はもとよりほとんどの平安文学はこれにかかわるであろう。

仏教の問題の第二は、漢訳仏典からの読み直しである。これも近年の石井公成氏の『源氏』、『竹取』論や今成元昭氏の『更級日記』論などにみるように、漢訳仏典の表現力を再評価する動きである。その先達には、すでに南方熊楠や幸田露伴がいるが、近代が失った仏典の素養をどう復権するかの課題に通ずる。仏典の〈物語力〉を再評価する方策が今の「法会文芸」の問題とあわせて問われるだろう。これに関連して、近年あらゆる分野で取りざたされる「記憶」の問題においても、仏教の法相学の唯識などは恰好の指標となるはずだ。さまざまな記憶論が林立したが、多くは欧米の理論を基調とし、唯識から論じたものをあまり見ないように思う。記憶論から欠落しているといわざるをえない。今後の課題である。

②領域・媒体を超える論点の第二は、〈絵画物語論〉である。絵巻には多大な関心を寄せており、これも近年の歴史学における絵画史料論の進展により美術史研究が活性化し、多様な面へ変貌してきた。平安文学では以前から屏風絵と屏風歌をはじめ、絵巻論など絵画との関連の研究はさかんであり、これもことさらいうべきことではないが、非文字世界へせり出し、絵画と音声、文字、身体などとの関連をさぐる方法はこれからさらに必要となるだろう。たんに絵画と物語本文との関連にとどまらず、図像学的な分析をはじめ、歴史学の絵画史料論の相対化なども必要で、〈絵画物語論〉のあらたな構築がもとめられよう。そのためにはまず絵画と言葉の二元論を超えること、絵画とことばを別々に扱い、比較するだけではなく、物語の絵画と絵画の物語を同時に問い直す一元的な観点の確立が要請される。

また、さらに基本的な問題として、原本至上主義を排し、模写本を再評価することである。従来の模写本論は原本の復元研究の補助資料でしかなかった。模写本はたしかに原本と比べて美術的にはマイナスの評価がされやすい。しかし、それはひとつの価値基準にすぎず、「模写」もまたひとつの表現行為であることを見のがせない。「写す」ことは、「映す」はもとより、「移す」、「遷す」ことでもある。模写もまた、別途の創造営為である。ひろき異本論に組み込まれるべき課題でもあろう。イメージとテキストを多様で多彩な運動体としてとらえるためにも、模写本論が欠かせない。特定の時代の特定の作者による優品、とりわけ固有名や事績の明確な絵師を主とするハイ・カルチャーに集約されてきた美術史を回転させるためにも、模写本を含みこんだあらなた〈絵画物語論〉を指向したい。

4　古典学としての資料学

以上、内なる〈他者性〉の課題として、地域、時代、領域・媒体の視角からみてきたが、最後にまとめをかねて、資料学の観点からみておきたい。「超える」ものが相互に連動することは明白だが、これらをもとにした、その総体としての古典学の基礎学確立と研究の連携協力体制作りが必要である。以下にその要点をあらあら述べておこう。第一に対象と方法の再確認、第二にひとつのモデルとしての生命学への架橋、第三に学の連携、共同研究の場の構築である。これにもとづく私的な構想についてもふれられればと思う。

①　第一に対象と方法に関しては、まず文献書誌学の再生、資料調査の組織化、情報ネットワーク構築を前提にした「東アジアの資料学」の確立をめざしたい。漢文資料と漢字仮名、

ハングル、チュノム混淆文の調査と解読、比較研究を進めたい。そのためには、海外の研究者との協力体制が不可欠であるが、海外の日本学研究者との交流のみでは限界があり、地域ごとの当国文学者との連携が必要である。漢文文化圏の異言語と共通語の位相をとりだすのはもとより、比較の方位を日本にだけ収束（終息）させないように、東アジア全体の位相をはかるようにもっていきたいと思う。

領域・媒体でふれた〈法会文芸〉も、東アジアレベルでの検証が欠かせない。またその際、中国・朝鮮本をもとにする和刻本の仏書類はひとつの重要な指標になる。聖教、寺院・法会資料などは中世研究の蓄積があり、これとの連携が可能である。地域誌に関しては、近世研究や民俗学との連携が考えられる。

ついで絵画の問題も、詞書と絵画が交互に出てくる絵巻は日本の専売特許のようにいわれてきたが、近年中国にもいくつかあることが報告され、これも東アジアレベルからの視界がもとめられるようになりつつある。あるいは、法会儀礼に関していえば、仏事・神事の儀礼などにも深くかかわる和歌すなわち呪歌、道歌の世界があり、これらは『新編国歌大観』には収録されていない。儀礼から歌のあらたな世界がみえてくるわけで、勅撰集中心史観の相対化に欠かせない。将来は『新編国歌大観』にない別途の「国歌大観」が必要になるだろう。

これと同時にあらたな〈絵画物語論〉のためには、最も基礎的で体系的な『日本常民生活絵引』の増補、注釈、体系化が指向される。美術、史学、民俗学、宗教学等々との連携がなければなしえないだろう。また、別の観点からいえば、絵巻・絵本のマルチメディア化も考えられる。カナダの楊暁捷氏の実験的な研究があるが、詞書の朗読、翻刻、語釈、異本・模写本対照等々を、同時にパソコン画面で展開できる方法が開発され、絵巻研究の機動力が増している。紙媒体を超える研究のあたらしい次元が拓かれつつあるといってよい。

② 第二に、あらたな古典学に関してひとつのモデルとして、生命学への架橋をとりあげたい。学術会議では、かつての人文・社会・自然の三分野がいつの間にか人文社会・自然・生命科学に再編成された。これを逆手にとって、人文学が生命学などと連携しあう方策をとる必要があるだろう。その絶好のモデルとして南方熊楠がいる。二〇〇六年五月にオープンした和歌山県田辺市の「南方熊楠顕彰館」が今後の南方熊楠の資料センターとなる。私も調査に参加した蔵書・資料目録も刊行されているので、おおいに利用していただきたい。

南方熊楠の学の基本は本草学と博物学にあり、今日の生命学、環境学、生態学、人類学、民俗学、民族学等々の草分けであり、学の混沌、未分化状況が分節化され、種々の学が勃興する岐路にあった、その胎動や躍動を体現する。熊楠の学は体系性や統一性を排除し忌避する。また、資料の博捜と自在な飛躍展開の考証を楽しむ「近世随筆」の延長にあり、抜き書きと書き込みが学の基本である。隣近所の出来事と外国の文献とは同一レベルで扱われる、アナロジーの力学に満ちている。南方熊楠に代表されるような生命学へのせり出しを文学研究総体がはたせないだろうか。近年関心を集めている死生学、環境学、食文化学等々にとって、文学領域は欠かせないものであるはずだ。これら諸学との共同研究体制が指向され、そのためにも東アジアレベルでの資料学の確立が必須となるであろう。

③　第三の学の連携、共同研究の場の構築については、今述べてきたように文学と史学他、人文系にとどまらず、異分野との連携が欠かせない。文学研究だけの限界を痛感させられる。国文学系の学会だけの連携を模索しても、それほど生産的ではないだろう。他分野と競合しあう場にどれだけ身を処しうるかが問われる。そのためには、小規模研究会の積み上げとそれを学会におしあげていくような方位が望まれる。

個人的には、文学と史学が連携して運営する立教大学日本学研究所、民俗学、文学、史学、社会学などが協同する歴博の共同研究「生老死の通時代の儀礼」等々にかかわっており、東アジアの「寓言学会」（韓国主導）などとの提携も検討中である。「寓言」という用語は近世になると出てくるが、寓話、譬喩、隠喩、アレゴリー等々を含む広義の概念で、日本の尺度にあわせた東アジアではなく、韓国やベトナム、中国と連携しあった研究の方位としてその意義はおおきいのではないかと思う。東アジアの「漢文小説」も同様の意義をもち、「漢文小説」を漢文文化圏から漢字仮名混じり文、ハングル、チュノム混じり文にもおしひろげてみていけば、よりひろがりが出てくるだろう。

以上、平安文学研究の「内なる〈他者性〉」として何が考えられるか、ごくおおづかみにみてきた。文学はあらゆる学に対応できるはずという信念をもって望みたい。中古文学会がここで述べてきたような方向にどれだけ荷担できるか、おおいに今後の活動に期待したいと思う。

ごくおおまかな見取り図のようなものしか提起できなかったし、なかば誇大妄想的な夢物語のようなものが多いが、大風呂敷の夢はおおきく持って事に望みたいと思う。多くの人と連携しあって共同体制造りができることを願ってやまない。

最後に私的な構想にふれておきたい。上に述べきたった問題群をみずからの研究テーマにすえなおしてみると、以下のようなテーマが考えられる。

第一に「異文化交流の文学史」は〈遣唐使神話、幻想の東アジア往還、侵略文学、琉球文学、キリシタン文学〉といったテーマであり、「予言書・未来記の文学史」もまた〈託宣、夢想、遺告、遺戒〉などもあわせつつ、〈予言文学〉として東アジアにひろげていくべき課題である。「東アジアの仏伝文学史」もまた以上のテーマと関連しあい、さらに絵巻や絵画、造形とのかかわりも対象になる。仏伝との関連でいえば、「世界文学としての『今昔物語集』」があり、現在ベトナム、中国、韓国、フランスなど各国で進行中の翻訳作業を受けて〈今昔サミット〉のごとき場に集約させたい。翻訳文学として、異言語の時空へ解き放ちたい、それによって『源氏物語』帝国主義にくさびを打ちたいと思う。あるいは、以前から課題にしている、これは見果てぬ夢にも近いが、『琉球古典文学大系』の構築や『室町時代物語大成』の絵画集成、データベース化などが実現できる体制になればと念願している。

3 異文化交流の文学史へ——海外資料調査と国際会議

2002年

小島孝之・小松親次郎編
『異文化理解の視座　世界から見た日本、日本から見た世界』
東京大学出版会

1　日本文学の海外調査と国際会議

日本の前近代の写本・版本が欧米や東アジアをはじめ、海外の各地に大量に所蔵されていることが近年ずいぶん明らかになってきた。和本とか和古書、和装本、古典籍などと呼称される一連の資料群で、一枚ものの文書や書簡消息類とは区別される。要するに近代の活字以前の書物群で、『国書総目録』に収載される類のものである。近代以前の資料というと、すぐに連想が古文書に及ぶが、海外に収蔵される日本書籍の質量の蓄積も大変なものであり、日本と異文化との双方向の交流にもとづく知と学の所産といってよい。これら書物には手写本か刊本かを問わず、絵巻や絵入り本も含まれる。人文諸分野からの絵画資料研究が進展し、絵巻や絵入り本など絵画テキストへの関心も高まっているが、図書館や博物館では美術品として遇され、書物とは別の扱いになっている場合もあり、総合的な調査においてはやや不便をきたすケースがまま見受けられる。

欧米の場合は個人のコレクションが大学や図書館・美術館など公的機関に移管される例が多い。中国・台湾・韓国などでは、戦前に日本人が持ち込んだり、公的機関に設置され、敗戦でそのまま置き去りにされた資料が目につく。もちろん中国の楊守敬収集本のように、それだけではないが、地域によって位相差があることは当然である。

ところで、これらの書籍は海外流出資料という言い方がよくされるが、「流出」という語は日本中心のとらえ方で適切とはいえない。もともと書物というものは人の移動に応じて自在に移動するものであり、その伝来による文化創造の影響度はきわめて重いものがある。書物の移動こそ異文化交流のひとつの象徴であり(王勇氏らのいうブックロード)、双方向からその意義を問い直すべきで、「流出」は一方向からの視点に偏った用語として不適切である。

ヨーロッパ版国書総目録の調査作業が進んでいるように、将来は『在外篇国書総目録』が必要になるだろう。それだけ関心が高まり、情報量が増え、目録が公刊されたり、各地で調査研究が種々進展しているからで、いずれそれらを統合することがもとめられるにちがいない。徐々にそうした気運が高まっていることを痛切に感ずる。さしあたって、国文学研究資料館などがその推進の拠点になる責務を負っているであろうが、今しばらくは個別の調査を地道に進めるほかないだろう。

いずれにしても、これらの内外の悉皆調査にもとづく総合的、体系的な資料の調査研究が、従来の文学や史学といった近代的な観点から分節された学問体系のありかたを相対化し、突き崩しつつあることはまちがいないところであろう。人文学のあらたな拠点形成において精緻な理論的研究とも連動しつつ、地道な生の資料の実体調査によって次々と埋もれていた世界が発掘され、よみがえり、あらたな学の地平を拓くわけで、資料調査がもたらす成果ははかりしれないものがある。ことに総合的な調査によって、特定の一ジャンル分野に限定する狭い見地がほとんど意味をなさないことも明らかで、自己の研究テーマを相対化し、おしひろげる意義をもあわせもつことはいうまでもなかろう。

また一方で、近年の学界の著しい傾向のひとつに国際会議の開催がある。国内外を問わず、大小規模を問わず、至る所で開催されていて、その全容はにわかにつかめないほどである。少子化に伴う大学の再編、文学の教養主義からの脱落、人文学の地盤沈下等々、いずれの大学や研究機関がいちように抱く危機意識から海外との交流を積極的に推進し、留学生の受け入れをはじめ、学的、人的国際交流をてこに生き残りをかけ、さらなる発展を指向しようという発想である。内部に行き詰まると外部に向かうのは理の必然、おのずからなる趨勢でもあろう。それがいったいいかなる学的変革や活性化につながるのか、今しばらくその動向を見守ると同時に、渦中に身を処してみるほかなさそうだ。

ここでは私自身参加した海外資料調査と国際会議や対外交流を中心に、そこからもたらされた研究課題について、あわせてみておきたい。一九九四年度まで勤めていた国文学研究資料館は、国際交流が主要な活動の一環としてあり、毎年海外から客員教授を招いて共同研究会を行ったり、国際研究集会も毎年開催されている。また、所属していた文献資料部では海外に所蔵される資料調査も定期的に実施している。そんな環境から国際交流への視界はおのずとひらかれていったように思う。国文学研究資料館時代に築かれた関係や人脈がその後のありようをほぼ決定づけたといって過言ではない。また、一九九五年転任した立教大学でも、海外との関係はさらに深まっている。とりわけ二〇〇〇年に日本学研究所が開設され、内外での調査や研究交流活動を推進しており、二〇〇一年には国際会議が開催された。今、それらの全容を詳細にふれる余裕はないし、部分的にいろいろ書いているので、以下にごくかいつまんで述べておきたい。

2　台湾調査と国際会議

最初の海外調査は、国文研時代の一九八五年九月、台湾大学所蔵、旧台北帝大国文研究室の蔵書資料の悉皆調査であった（海外科研による）。第二次の調査グループとして三週間滞在した。それまでは調査といっても自分のテーマに関する写本を見る程度しかしていなかったので、今思えば貴重な体験であった。その頃はまだ資料から導かれてテーマを発見するとか、体系的な資料の全体をテーマにするような問題意識はなかった。資料の傷みが激しく、白衣にマスクのいでたちで、書誌調査を行なったのも、なつかしい思い出だが、その時は正直いって苦痛であった。すでに種々報告されているが、近世を中心にした貴重な資料がすくなくない。結局は図書館側との折衝が不調に終わり、仮目録の作成にとどまったのが心残りでならない。これに関しては、鳥居フミ子『在外和書を訪ねて』(勉誠出版、二〇〇一年)の批判がある通りで、調査の前提である人間関係にそもそもつまづきがあったことは我々も当初から感じていた。現在は再調査が進められているとのことなので、今後の進展を見守りたいと思う。

しかし、この時出会った中国文学の金文京氏に国立中央図書館に案内していただき、別の観点から資料を見ることができた。この金氏との縁で、二〇〇一年三月、台湾大学中文系主催の日本漢学国際学術研討会に招待され、『敦煌願文集』と日本の唱導資料との関連について発表した。この会議の報告書は、翌年に中国語版と日本語版の双方が刊行された。「日本漢学」をテーマにした国際会議が中文系で行なわれる例は珍しいのではないかと思う。最初の調査から一六年後で、大学も図書館もすっかり様変わりしていた。

また二〇〇〇年には、琉球文学の科研でカルガリ大の楊暁捷氏やパリのパスカル・グリオレ氏らと訪台、輔仁大学のスタッフと交歓会をもち、故宮博物院の図書館の資料もあわせて調査できた。故宮は博物館だけが着目されるが、図書館も充実しており、清朝の学者楊守敬が日本で収集した資料が保管されている。漢籍が中心だが、日本の古写本も含まれる。慶応大学斯道文庫で作成した目録が今ももとになっている（経緯の詳細は『阿部隆一著作集』汲古書院、参照）。

漢学国際会議に先立ち、二月に京都の国際日本文化研究センターで、中国・台湾における日本資料の所在に関する国際会議が開催され、オブザーバーとして出席した。中国・台湾各地での日本資料の実態が報告され、大変刺激的であった。ことに絵画資料の総合的調査も始まっているようで、今後の進展が期待されるところである。

3　アメリカ調査と国際会議

アメリカとのかかわりは、一九八七年八月、海外科研によるイエール大学の朝河貫一教授収集本の調査からはじまる。同僚だった田嶋一夫氏の企画になるもので、日本法制史学者でイエール大学教授の朝河が日本に戻って一九〇七年に収集したもの。同時にワシントン議会図書館にも収集資料をふりわけている。イエール大学には二種類のコレクションがあり、いずれも朝河の手になるものだが、一種は日本イエール協会が出資したもので（中世の古写本もあり）、世界の貴重本を集めているバイネッキ・ライブラリィに収蔵される。もう一種はバイネッキとスターリング東洋図書館とに分置されている。前者のイエール協会出資コレクションを除き、議会図書館所蔵本もあわせ、和本でありながら洋装のハードカバーに装幀されているのが特徴で、当時の写字生の書写した写本が多い。

調査には一九八九年にも参加し、その間、コロンビア大学、プリンストン大学、ハーバード大学、シアトル美術館などの資料も調査する機会を得た。

この時お世話になったイエール大学のケーメンズ教授との縁で、立教大学に移って以後、一九九八年一〇月、イエール大学での全米日本仏教文化研究集会に招待された。思想・文学・美術の研究者が一堂に介して熱心に討議がかわされた。一年間、立教に留学していた院生のケーラー・キンブロー氏もお伽草子の『和泉式部』で発表した。

ワシントン議会図書館の朝河収集本とは、一九九八年からはじまった立教大学の同僚渡辺憲司氏を中心とする海外科研の調査で出会うことができた。イエールと同じ洋装仕立ての和本で、何かなつかしい感じがした。調査は二〇〇一年まで及んだ。イエールとワシントン双方の朝河本に出会えたのは幸運であり、奇しき因縁を感じさせる。議会図書館の目録もようやく完成し、朝河収集本の全貌が解明されるにいたったことは喜ばしい限りである（『米国議会図書館蔵日本古典籍目録』八木書店、二〇〇三）。二〇〇三年三月、ニューヨークのアジア学会では、この目録をテーマにパネルを開く予定である。朝河収集本の分野は多岐にわたり、今後の研究の進展がおおいに期待される。

イエール大学とならび、関係が深まったのはコロンビア大学である。一九九三年、バーバラ・ルーシュ教授が国文学研究資料館の客員教授として赴任され、尼寺をめぐる共同研究会を主催、金沢文庫や京都の東福寺でも研究会が開かれ、その縁で尼門跡の宝鏡寺の調査も翌年からはじまり、一九九七年まで続いた。右にふれた九八年のイエール大学の学会の帰りに、ルーシュ教授のご招待でコロンビア大学中世文化研究所で中世の未来記について講演を行なった。その一カ月後の一一月、同じコロンビア大学で中世文化研究所主催の尼寺の国際シンポジウムが開催され、宝鏡寺の調査について報告を行なった。尼五山の始祖とされる無外如大の七百年遠忌を銘打った、キャンパスの教会で行われた仏事法会の儀礼が意外に合っていたのが印象に残っている。ニューヨークタイムスにもおおきく報道された。尼寺所蔵の宝物展も貴重であった。尼寺をテーマにしたこれだけの規模の国際会議やイベントは後にも先にも例がない。

宝鏡寺調査で出てきた『妙法天神経』の注釈書の注解を院生達との研究会で続け、『宝鏡寺蔵妙法天神経解釈　全注釈と研究』（笠間書院、二〇〇一年）を上梓した。京都に中世文化研究所の支所も開設され、尼寺の貴重な資料や遺産の保存修復が続けられ、ルーシュ教授のライフワークとなっている。

一九九八年九月、初めてのワシントン調査の帰り、ニューヨークで念願のパブリック・ライブラリィ、スペンサーコレクションの絵巻を見ることができた。直接のきっかけは一九九六年四月、ハワイでのアジア学会（ＡＡＳ）に絵画と文学とコンピューターをめぐるパネルに参加、メンバーの一人だったカルガリ大学の楊暁捷氏からスペンサーコレクション蔵『百鬼夜行絵巻』の詞書の翻字コピーをいただいたからであった。尼寺調査で一緒だった中世研の大木貞子氏のお世話になり、大木氏がイエールに移られてからは終始、メトロポリタン美術館の渡辺雅子氏のお世話になっている。また、ハワイでは学会後、ホノルル美術館の絵巻も調査することができた。『鳥獣戯画』模本、『弘法大師伝』『是害坊絵巻』等々、数はそう多くはないが、貴重なものがすくなくない。

楊氏はその後、一九九七年に立教大学の奨励研究員として三カ月滞在、二〇〇一年一〇月の立教大学日本学研究所の国際会議で絵巻のコンピューター利用について発表、反響を呼んだ。二〇〇三年六月には招聘研究者として一カ月、立教大学で絵巻とコンピューターのセミナーを担当していただく予定である。

一九九八年は結局、九月から一一月にかけて毎月のようにニューヨークを訪れることになった。翌年もワシントン調査の帰りにスペンサーに寄っている。二〇〇〇年にも帰りに院生たちとニューヨークに寄り、世界貿易センターの屋上で夜景を楽しんだが、翌年跡形もなくなってしまい、よりショックが大きかった。今となると夢のような光景である。

絵巻への関心は後述するダブリンのチェスタービーティー・ライブラリィ調査がおおきな機縁になっていた。チェスタービーティーとスペンサーは、欧米における絵巻・絵入り本コレクションの双璧である。以後、スペンサーコレクションの絵巻調査はかけがえのないものとして今日に及んでいる。ちなみにスペンサーコレクションとは、絵入り本の収集家であったウィリアム・スペンサーが一九一二年、有名なタイタニック号で遭難、その基金によって世界中の絵入り本が収集されているものである。日本関係は戦後、弘文荘反町茂雄の仲介によるものが多く、反町自ら『ニューヨーク市立図書館蔵スペンサーコレクション絵巻・絵入り本目録』(一九七八年)の目録を作成している。その後も断続的に収集され、『酒呑童子絵巻』など目録にない貴重なものが少なくない。版本のコレクションも別にあるが、総合的な調査はなされていない。

二〇〇一年に一年間、研究休暇に入り、九月から一〇月にかけて一カ月、コロンビア大学にドナルドキーン・センターの招聘で滞在、赴いたのは同時多発テロ事件の二週間後であった。飛行機に乗る時は緊張したが、空港は閑散としていた。インディアナからの帰り、眼下に白煙が立ちのぼっている光景が眼に飛び込んできた。市内の駅の構内には行方不明の人たちの写真がたくさん貼られてあった。炭疽菌騒ぎで、娘が東京から送った郵便が届かずそのまま戻ってしまっていた。多くの人が喪失感を胸に抱いて日常生活を送っているような印象だった。その間、シラネ・ハルオ教授のゼミで、中世説話をテーマにセミナーを行ない、最終回は公開講演会で、絵巻をテーマにしたビデオを使ったり、図書館所蔵の『浦島太郎』の絵巻を使わせていただいた。また、インディアナ大学、イエール大学、コーネル大学、プリンストン大学でも講演した。テーマは絵巻や未来記、現在の中世文学の研究状況などについてであった。合間をぬってスペンサーコレクションに日参したのはいうまでもない。シラネ教授との縁も深くなり、二〇〇二年に早稲田大学に客員として滞在中、立教の日本文学会でも講演していただいた(「立教大学日本文学」八九号に掲載)。また、時を同じくしてシラネゼミの院生ハーシャル・ミラー君がフルブライト奨学生として一年間立教のゼミに来ていた。彼のテーマは『道成寺縁起』を中心とする変身、変化論である。日本文学を専攻する海外の院生が日本に留学するのは当然としても、日本からコロンビア大学に入って日本文学を学ぶ院生が複数いることに驚いた。今後ますます相互交流が進むだろう。

同じ〇一年一二月に議会図書館の最終点検調査を実施、スミソニアンの一角、フリア美術館で絵入り本の調査もできた。今回は往きにニューヨークに立ち寄ったが、一〇月からそれほど間があいていなかったので、まだ滞在中かと間違えられるほどだった。

さらに二〇〇二年一〇月には、コロンビア大学で神道講座の開設を記念した神道国際会議が開催され(阿部龍一氏が中心)、『神道集』をテーマに中世神話などとからめて報告した。これもテロ事件で一年延期になっていたものだ。近年関心が高まっている神道論を日本に収束させるのではなく、国際関係における宗教学の課題としてひろくとらえようという趣旨の会議で、多方面から問題提起がなされ、刺激的であった。日本研究は諸分野でもはや海外の研究動向を無視しえないところまできていることを再認識させられた。

またアメリカに関して付け加えれば、一九九九年一二月、琉球文学をめぐる科研費により、研究会のメンバーで、ハワイ大学のホーレー文庫の調査におもむいた。古典籍のコレクションで知られるホーレー文庫旧蔵のうち、琉球関係資料がハワイ大学図書館に所蔵されたものである。アジア学や太平洋学を考えるうえでもハワイは重要な拠点になっている。

4　ヨーロッパの調査と国際会議

ヨーロッパとの縁は、一九九〇年九月、国文研の海外科研による調査でパリにおもむいた時からはじまった。イエール大学の朝河収集本の調査と報告を終え、ヨーロッパに対象を移すことになり、フランス国立図書館の調査をめざしたが、館内の事情によりうまくゆかず、結局は予備調査だけで終わった。シーボルト・コレクションや近世版本の日本関係の資料の全貌がいまだにつかめないでいるのは何としても残念である。日本研究者に限らず、世界の学者にとっても不幸なことといわなければならない。

またギメ東洋美術館の版本調査も折衝したが、これも時間の都合がつかず、カード検索のみに終わった。ギメの収集品では仏像や絵画が注目されているが、版本のコレクションもかなりのものであり、まとまった調査はほとんどなされていないようだ。近世の仏書が多く、これも本格的な調査研究が急務であろう。

ついで一九九一年三月、湾岸戦争終結直後に急遽出かけることになり、パリでは、国立東洋言語文化研究院（ＩＮＡＬＣＯ）でオリガス教授をはじめ、スタッフ、学生との交歓会が開かれ、交流の基盤ができた。

さらにアイルランドのダブリンにおもむき、絵巻や絵本の所蔵で知られるチェスター・ビーティー・ライブラリィを初めて訪れ、予備調査を行った。学芸員だった潮田淑子氏から、かつての反町茂雄作成の目録は不備が多く、また目録に漏れたものもあるので、きちんとした目録を刊行したいとのご意向をうかがい、国文学研究資料館で調査させていただける希望がかなえられたからであった。

チェスタービーティーはアイルランド系のアメリカ人、鉱山の実業家であった。一九六八年に九三歳で没。世界旅行をしながらアジアの美術品を収集し、アイルランドにそっくり寄贈された。以前は閑静な高級住宅地にあったが、数年前に中心部のダブリン城内に移転し、名実ともにダブリンを代表する美術館として再スタートした。チェスタービーティーの収集は日本ばかりかイスラム・インド・中国・朝鮮と多岐にわたり、その数は膨大なものになる。日本のものでは、浮世絵や根付けも少なくない。とりわけ注目されたのが絵巻・絵本の類で、チェスタービーティーみずから日本に来たときに精力的に収集し、山中商会などを通じ、博物館の専門家に鑑定を依頼するなど、かなり目利きを施しての収集ぶりだったことがうかがえる。

一九六四年にバーバラ・ルーシュ教授が埋もれていた資料群を発見、奈良絵本国際会議が一九七八年に現地で開催され、翌年には反町茂雄編『チェスター・ビーティー・ライブラリィ蔵・日本絵入本及絵本目録』も刊行され、一躍脚光を浴びるようになったものである。前近代を対象とする日本文学界では、奈良絵本会議は国際会議のごく早い例になるのではないだろうか。日本にも一九八八年にサントリー美術館を皮切りに神戸や福岡などで里帰り展覧会が開かれ、テレビでも放映され、一般にも広く知られるにいたった。その間、『在外奈良絵本』(角川書店、一九八一年)や『チェスタービーティー・ライブラリィ』(秘蔵日本美術大観、講談社、一九九三年)が出て、主要なテキストは図版が見られるようになったが、版本は省略されたために、全貌は掌握しにくかった。

一九九一年九月、本格的な調査に入り、書誌調査と写真撮影を行なった。パリからダブリンへの中途の計画変更であったので往復の経路がフランスに限定されたため、フランスの調査も同時並行で実施した。リヨンの印刷銀行博物館、市立図書館、市立美術館などを訪れた。印刷博物館では、嵯峨本『伊勢物語』(復刻か)、朝鮮銅活字版、魚貝図絵の版木と版本などを見た。翌一九九二年九月も同様、調査と撮影の続きを行ない、フランスでもリール市立図書館のレオン・ド・ロニーのコレクションやジョセフ・デュボア氏の蔵書資料を調査した。ロニーは福沢諭吉と親交を結んだことで知られる日本語教育者である。

一九九三年二月にもダブリンにおもむき、ほぼ全点の調査・撮影を終えた。あわせてロンドンに行き、大英図書館の絵巻や絵本を調査した。また、パリでは今は亡きコレージュ・

ド・フランスのベルナール・フランク教授にもお会いし、ギメ東洋美術館で絵巻の模写本類を見せていただいた。さらにパリの東洋言語文化研究所で我々の研究テーマをめぐって交流会が開かれた。その時の報告は研究所の雑誌にフランス語訳で掲載された。その後、一九九五年二月にも追加調査・撮影ができた。つごう、パリに六度、ダブリンに五度おもむいたことになる。

こうして、一九九四年に報告書をまとめたが、時間の制約があって、解題のための調査が不十分であったり、担当が文学研究者だけだったりしたため、美術や歴史面の記述が足りず、解題目録としては不十分であった。そのため、一九九五年度よりさらに美術や歴史のスタッフを募って研究会が組織され、解題目録作成にむけて活動が進められた。「特定研究年報」の成果も公刊されたが、一号のみに終わった。九五年に立教大学に転任したため、外部の立場になったが、多くの方々のご尽力により、二〇〇二年三月ようやく『チェスター・ビーティー・ライブラリィ絵巻絵本解題目録　解題篇』(勉誠出版)が上梓できた。潮田氏との約束がようやく実現でき、積年の懸案が果たせた思いである。

この解題は、ライブラリィと国文学研究資料館との共編のかたちをとってはいるが、アイルランドはもとより欧米のみならず、全世界にむけて発信するためには英訳版も必要であるし、詳細な図版集も将来は要請されるだろう。さらにいえば、電子テキスト化して、世界中から自由に検索できるような方策が指向されるにちがいない。個々の研究はむしろこれから

大英博物館、ルチア・ドルチェ氏らと絵巻の調査（2007年３月）。

アルザス欧州日本学研究所にて、狂言と笑いのシンポジウム、
ムラカミ、サカエ氏らと（2010年９月）。

始まるというべきだろう。

二〇〇一年六月には、研究休暇を利用して一カ月近く、ロンドン、ダブリン、パリ、ベルリンとまわってきた。ほとんど絵巻訪書旅行の感じだったが、まずロンドンは南方熊楠関係のツアーに合流した。これは熊楠が後半生を過ごした田辺市の企画で、一九九四年から南方熊楠の蔵書資料の調査にかかわっているためである。新装なった大英図書館で、熊楠の寄贈した資料を閲覧、下宿先や通ったパブなどもそのまま残っていた。ツアー後、再び大英図書館で、絵巻やキリシタン版を調査、天下の孤本である天草版イソップ『エソポノハブラス』を直接手にとって閲覧できたのは感激であった。

ついでダブリンに飛び、これも新装となったチェスタービーティー・ライブラリィに赴き、なつかしの絵巻や絵本と再会した。ロンドン滞在中の佐藤道生夫妻、熊楠ツアーから同行の飯倉照平・千本英史氏、ニューヨークから来たメトロポリタンの渡辺雅子・村瀬実恵子氏らも一緒であった。渡辺・村瀬氏とはベルリン調査でも御一緒した。学芸員のポラード氏のお世話になり、潮田氏ともご自宅で再会できた。

パリでは、ギメ美術館で『北野天神縁起』などを閲覧、コレージュ・ド・フランスや東洋言語文化研究院で未来記や『今昔物語集』について講演、ついでパスカル氏らとベルリンに渡り、東洋美術館で『天稚彦草子絵巻』を調査できた。ワルシャワから来ている留学生のアグネシカ・プラウルさんがこの絵巻で修士論文を書いているため、代わりに閲覧したような

エステルさんと

ロベール氏と

2008年（二度目の研究休暇）の、パリの地下鉄、マルセイユ。
最下段はパスカル氏宅にて。

もの。美術館学芸員のカーンさんが同行の美術史のエステル・バウワーさんと学習院の同窓であったのも奇しき因縁であった。あわただしくも充実した日々であった。

とりわけパリの東洋言語文化研究院とのかかわりが深くなり、パスカル・グリオレ助教授のお世話になることが多かった。かつてリールの調査には通訳をかねて同行していただいた。その後、パスカル氏は一九九八年から三年間近く日仏会館の研究員として滞在、研究会や調査旅行に同行する機会多く、二〇〇〇年の立教大学日本学研究所の第一回例会や翌年の国際会議にも発表していただき、散らし書きや和様と唐様をめぐる文字表記の問題をとりあげ、関心を集めた。

二〇〇三年三月には、パスカル氏の企画により、パリとアルザスで「日本と東アジアをめぐる文化創造」をテーマに国際会議が予定されている。八月にはヨーロッパの日本学会（EAJS）がワルシャワで予定され、これも参加することになった。

この原稿執筆中に、東洋言語文化研究院のオリガス先生が亡くなられた。先生はアルザス日本学研究所長をかねておられたので、アルザスでお会いできるのを楽しみにしていたのだが、機会を失ってしまった。痛恨のきわみであり、ご冥福をお祈りしたい。

ある。

5　中国・韓国・ベトナムへ

アルザス会議のテーマで、「東アジア」が加わったのは、科研テーマとのかかわりからで、前年度までの琉球文学科研の延長として、東アジアの漢文説話にテーマがひろがったためである。

台湾についてては先述したが、中国とは一九八〇年の早大の訪中団で赴いて以来、機会がなかった。一九九九年三月、北京外国語大学の北京日本学研究センターに招聘されたところから縁ができた。ここはすべて国際交流基金によって運営されている。三カ月間滞在し、院生の講義、研究指導を担当したが、北京国家図書館や北京大学図書館の和本調査もわずかながらできた。

翌二〇〇〇年一〇月には創立一五周年記念の国際会議があり、その折り念願の五台山参詣もはたせた。二〇〇一年九月には、大連と天津で国際会議があり、同僚の渡辺憲司氏とともに発表した。前者は大連外国語大学での学会、後者は南開大学日本学研究センターの一五周年記念学会である。南開大学と立教大学とは協定校の関係にあるので、協定校派遣のかたちをとった。前者は、絵巻の画中詞の問題をとりあげ、後者は東アジアの漢文説話の問題をテーマにした。天津師範大学の王暁平氏の講演テーマが東アジアの漢文学で、ほとんど方法や興味関心がかさなっているのに驚かされた。

　先にふれた台湾大学での発表で、『敦煌願文集』にみる無常を説く二鼠譬喩譚が日本では歌語「月のねずみ」に変換する例をとりあげたが、王氏も同じ問題に注目していた。あとでふれる韓国の全羅道馬耳山のお堂の壁画にこの二鼠譬喩譚が絵画化されていたのにも驚いた。そう古いものではないが、今のところ日本でも中国でも絵の実例は知られていない。むしろあたらしい点、かえってその表現伝統の重みを感じさせる。天津では学会開催中に王氏の著書『亜州漢文学』（天津人民出版社）が刊行され、その場で直接頂戴したのには二度びっくりであった。研究の気運、趨勢を思わせた。

　また、天津図書館日本文庫の調査にも赴いた。日本文庫は戦前の天津日本図書館に相当するもので、戦前の中国における図書館の実態を知る貴重なコレクションである。近世の版本も若干残されていた。

　二〇〇二年九月には、北京日本学研究センターで翻訳をテーマにした国際会議があり、『今昔物語集』の翻訳をテーマに発表した。英訳と中国語訳を比較するかたちで試みたが、翻訳論は古くてあたらしいテーマであることをあらためて感じさせられた。日本語や文学教育における実践的な翻訳の課題と、文芸理論としての翻訳論とのギャップが浮き彫りにされたように思う。『今昔物語集』の中国語訳は、一九六〇年代前半に魯迅の弟周作人とその周辺で本朝部だけ翻訳されたまま埋もれており、未刊の原稿がごく最近見つかったもの。公刊

赤山法華院にて（2001年５月）。

が待ち望まれる。

北京では一貫して北京日本学研究センターの張龍妹氏のお世話になっている。滞在中の『百人一首』の研究会はことに刺激的であったし、中国版『日本古典文学事典』の編集も進んでいるようで、これも刊行が待たれる。二〇〇二年度、センターの院生汪三国君が立教へ半年間留学、『今昔物語集』の夢をテーマに修士論文を書いた。二〇〇三年度にも連続で、王維さんが『今昔物語集』をテーマに留学予定である。

立教大学の日本学研究所の開設はアジアとのかかわりを考えるおおきな契機となった。二〇〇一年五月、中国山東半島の青島に飛び、先端の赤山ほかをまわり、ついでフェリーで韓国の仁川に渡り、飛行機とバスを乗り継いで木浦へ入り、木浦大学のスタッフと中世の寧波発博多行きの沈没船引き上げで有名な新安や円仁のパトロンであった張保高の拠点で知られる清海鎮など多島海を行政船で調査、最後は釜山に出る、という実地踏査の旅であった。毎日が移動の連続で、旅そのものがテーマでハードであったが、とりわけ円仁の『入唐求法巡礼行記』関係の地をめぐることができたことは印象深い。前年の五台山参詣とあわせ、円仁の旅が身近に感じられ、朝鮮半島とのかかわりや交流をまざまざと体得できたように思う。仁川行きのフェリーが予想以上に時間がかかり、遊女をテーマに船上座談会をやったことも記憶に残る。

韓国は二〇〇〇年にはじめて訪れ、釜山を中心に通度寺や梵魚寺、慶州、晋州などをまわった。近くにありながら機会がなかったが、ソウルから留学生の趙恩馤さんが来たのを契機に機会が増え、毎年のように訪れている。趙さんの専攻も『今昔物語集』である。『今昔物語集』が世界に発信され、世界文学として認知されるのを願ってやまない。二〇〇一年一一月には、院ゼミで訪韓、趙さんの母の郷里全羅道を中心に馬耳山、華厳寺、松広寺、雲住寺などをまわり、ソウルに戻り、彼女の母校の韓国外国語大学で交歓会を開き、最近の研究テーマに関して講演した。また、中世の絵巻で名高い『華厳宗祖師絵伝』(『華厳縁起』)ゆかりの浮石寺をも訪れることができた。東大に留学に来ていた『今昔物語集』研究の李市埈氏のお世話になった。

韓国の寺めぐりから中国と日本との一対一対応の関係だけではみえない世界がみえてくる。円仁の旅が新羅の人々とのつながりがなければできなかったように、日中の間に朝鮮半島をいれなければならない。地理的に見て当然のことが、文化・文学論として視野の外にありすぎたことを猛省しなければならない。二〇〇二年八月には、これも立教日本学研究所の調査の一環で済州島へ行った。名古屋大学の高橋公明・池内敏両氏のお世話になった。侵略された歴史や独自の文化創造など、日本における沖縄と似た歴史環境にあると思われる。その意味ではアイルランドも同様だろう。

済州島はもと耽羅と呼ばれた。『今昔物語集』には「虎島」として出てくる。「耽羅」からきているはずだが、何と南の沖に「虎島」なる小島が朝鮮王朝時代の古地図にあった。済州大学博物館の学芸員の高光敏氏にいろいろ案内していただき、済州島文化をつぶさに見ることができた。折から来日中のフランスのパスカル氏も同行した。台風直撃で停電になり、蠟燭で一夜をあかし、周辺の島に行く予定がかなわなかった。

ソウルでは、ソウル大学の奎章閣の漢文資料を調査することができた。内容は中国・朝鮮のものでも日本で出版された、いわゆる和刻本もまじっているように見受けられた。国立図書館などの目録も入手し、東アジアの漢文説話の科研テーマにかなう調査がようやくはじまったところである。

この漢文説話のテーマを決定づけたのは、二〇〇一年八月のベトナムである。これも日本学研究所の活動の一環で、ハノイの漢喃研究院で漢文資料に出会うことができた。中国の『釈迦如来成道記』のベトナム版があり、これは日本の近世でも和刻本が刊行されている。所蔵目録もすでに刊行されており、書名のみ漢字がついているので何とか使いこなすことができる。研究員のグェン・ティ・オワイン氏のお世話になる。氏は『日本霊異記』のベトナム語の翻訳を刊行、精力的に『日本霊異記』とベトナム志怪小説との比較研究、漢字音の仮借、音通など漢字表現の研究を進めておられる。高麗の『三国遺事』にまで視野をひろげ、まさに東アジアの漢字文化そのものがテーマになっている。二〇〇二年暮れから〇三年二月まで東大の多田一臣氏のもとで研究されていた。

ハノイ郊外のホーヒエンの史料館にも漢文資料が展示されていた。中部の古都フエも印象深いが、その南部にあるホイアンはかつて日本人町があったとされる地で、昭和女子大の調査団が発掘調査を行なっていた。伝承名ではあるが、日本橋まである。この成果は、桜井清彦他編『近世日越交流史　日本町・陶磁器』（柏書房、二〇〇二年）にまとめられた。発掘されるのは陶磁器しかないそうで、陶磁器文化が異文化交流の鍵を握っているようだ。郊外には日本人の墓地とされるところもあり、戦前に黒板勝美が調査に来ていた。

以上、駆け足で、海外調査と国際会議について実体験に即してたどってみた。基本的には日本の前近代資料の探索が主目的であるが、資料との出会いは同時に人との出会いにほかならないことをあらためて思う。今、ここを生きている人たちとの出会いや交流なくして資料調査などありえないことを痛切に感じさせられる。今や海外に出かける日本学関係の研究者は少なくない。ことさら仰々しく書くに値しない、まことにささやかな体験にすぎないが、それだけ各地に出かけられ、さまざまな人たちとめぐりあえた幸運をあらためてかみしめている。また、ひっそりと眠っている資料テキスト群とも出会えた幸いも。資料たちもまた見つけられ、日の目を見ることをひたすら待ちつづけているように思えてならない。

6　研究テーマ開眼

数々の資料調査や海外の研究者や学芸員、留学生との出会いを通して、研究テーマも変容してきた。ごくおおまかにまとめると、およそ三つにしぼられる。第一に絵巻・絵本などの絵画テキスト、第二に東アジアの漢文説話、第三に異文化交流の文学史である。以下、かいつまんで述べておこう。

第一の絵巻・絵本研究はとりわけチェスタービーティー・ライブラリィの調査と解題目録作成を通じて、関心が深まってきた。以前は院政期や鎌倉期あたりのものしか興味がなかったが、この調査によって、室町期から江戸期にかけてのテキストにも心ひかれるようになった。まさに絵巻研究開眼である。とりわけチェスタービーティー・ライブラリィの近世初期『十二類絵巻』は逸品で、忘れえぬ絵巻のひとつとなった。すでに繰り返し取り上げているので、詳細は略するが、古態の京博本とには微妙な違いがあり、異本でも模本でもない独特の位相にある。テキスト間の問題をとらえる上で恰好の対象となっている。躍動する画中詞が特徴的で、近世には『獣太平記』として版本化もされるから、手写本と刊本との比較研究もできるし、絵巻論の核になるテキストである。伝本は多いが、三巻そろいの完本はかならずしも多くはない。近時、ニューヨークのスペンサーコレクションにも三巻そろいの絵巻があることがわかり、かんたんに紹介した。

絵巻や絵本は絵画と文芸の双方にまたがるテキストで、美術品の扱いをうけることが多いが、文字テキストの面をもつことも重要で、「テキストとイメージ」はもはや分野を問わず普遍的な課題となっている。

ことに欧米には絵をともなうテキストが多く、これらをできるだけ集めて研究対象にしないと研究が進まないといって過言ではない。将来的にはデータベース化して、いつでもどこでも画像を引き出せるようになるのが理想であり、その実現にはまだまだ時間がかかるであろう。これには海外の研究者との協力提携なしにはできない。海外の美術史の研究者は現物をよく見るが、文学研究者はあまり見ない傾向にある。活字中心の文字テキストに沈潜し、理論研究にむかいがちである。もちろんそれはそれで重要だが、同時に生のテキスト資料にふれていかないと研究の地平はひろがっていかない。とりわけ身近にありながらまったく関心を示さないケースがままあり、もったいない話だとつくづく思う。しかし、一方で楊氏のように、調査をふまえた図像コンピューター化を精力的に進めている人もおり、今後の進展がおおいに期待される。

また、美術史の観点からは作り手の明確な一級の作例は重視されるが、二流どころや模本など、二義的なテキストはあまり評価されない傾向にある。しかし、模写本とて、自立したテキストであり、写すという表現行為の一環として等価値にみていくべきであり、テキスト間のヒエラルキーを排し、個々のテキストの意味するものをさぐらなくてはならないだろう。文学・美術・歴史・民俗・宗教等々、領域を超えた内外の共同研究体制を確立し、調査研究を推進していく必要があろう。チェスタービーティー・ライブラリィの解題研究はそのひとつの指針となるものと思われる。

第二に、東アジアの漢文説話がある。これはもともと琉球文学を日本文学としてどう位置づけるかの研究課題からはじまり、琉球の歴史叙述や説話を対象とし、『遺老説伝』を研究会で輪読するところからひらけてきた。さらには、琉球だけに限定せず、ヤマトとの往還や双方向からの記述、言説を問い直すようになり、これが次第に朝鮮・中国・東南アジアとの交流など、東アジア海域からの位置づけにテーマがひろがったものである。

あくまで琉球文学が出発点であり、東アジアの海域を前近代の琉球からとらえなおしたいという問題発想にもとづいている。一八世紀の漢文説話集『遺老説伝』の形成を東アジアの観点から読みなおすとどうなるか、そこからどんな世界がみえてくるか、にまず焦点があり、おのずと今、広範に関心の高まっている東アジアの漢文文化圏に問題はひろがってきた、という方位である。韓国やベトナムに行きだしたこととかかわり、ベトナムの漢喃研究院や韓国ソウル大学の奎章閣をはじめ、漢文資料の集積から問題をとりだしつつあるところである。これが現在の科研のテーマでもある。

第三の異文化交流は、各地に出かけて海外の人たちと出会うことがそのまま前近代に投影されたかたちでテーマになってきたもの。立教大学の日本学研究所活動の影響がおおきい。日本史学で、対外交渉をテーマにしている荒野泰典・村井章介・高橋公明氏らとの出会いによる。史学ではこうしたテーマがずいぶん進展しているが、文学ではいまだ充分でなく、ならば自分でやろうと思うようになった。さっそく文学史の授業で取り上げはじめたところである。

異文化交流は自分自身の体験から、それがそのまま研究テーマにもなってきた。海外調査と国際会議などの経験の賜物と思っている。しかし、やりだすとあらゆることが関連してきて、収拾がつかなくなりはじめていることも事実だ。結局は文学史、文化史のすべてが異文化交流からなる、という結論に落ち着きかねない。まあそのときはその時だろうと今は考えているが、はたしてどうなるか、まだまだ見通しはたっていない。今後も多くの人たちや資料との出会いをいかせるように研究成果をかたちにしていきたいと思う。

4　中世文学から世界の回路へ

1999年
『立教』一六八号

日々あわただしく矢のように時が過ぎてゆく。噂によると地球の自転も少しづつ速くなっているそうだ。時間も速くなったが、交通や通信の発達で世界もますます近くなり、海外に出かける機会もずいぶん増えた。とりわけ一九九八年の秋は、毎月のように短期間、授業や会議の合間を縫ってアメリカに出かけたので、その顚末を書かせていただく。

まず八、九月の夏休みに同僚の渡辺憲司氏を中心とする調査チーム（文部省の海外科研による派遣）で、ワシントンの議会図書館に赴いた。活字以前の和本資料の調査が目的である。世界最大級の図書館で、日本人のスタッフも多く、日本の資料も多い。ここにはたとえば、一九〇七年にイエール大学の朝河貫一教授の集めたコレクションが千点以上もある。和綴じの写本・版本（仏教書や歴史記録類が中心）が洋装のハードカバーの装丁に仕立てられていた。書物の文化史から

も注目されるだろう。十年前にイエール大学図書館の朝河コレクションを調査していたので、長年の懸案だったイエールとワシントンに分置された二十世紀初頭の朝河コレクションの全貌にふれる機会にようやくめぐまれた。

ついで単身ニューヨークに移り、五番街の中心にあるパブリック・ライブラリーの有名なスペンサー・コレクションの絵巻を見る。スペンサーとはあのタイタニック号の犠牲者の一人、遺言による基金でコレクションが形成された。日本の絵巻や絵本の収集で知られる。『百鬼夜行絵巻』など、いくつかの絵巻を集中的に見ることができた。わざわざニューヨークまで来て妖怪の絵巻ばかり見ているのも、我ながら奇妙な感じがしたが、海外に蔵される貴重な資料が交流の架け橋になることにあらためて気づかされた。

十月にはイエール大学で日本仏教をめぐる研究集会があり、招待されて出かけた。緑も豊かな落ち着いたキャンパスは学問の殿堂にふさわしく、思想・美術・文学の三部門の全米の研究者が一堂に会して研究発表を行った。すべて英語で行われたので往生したが、研究の水準がずいぶん高いことに驚かされた。英語で日本の仏教文化について熱心に議論しているのを見て感心もし、何か異界にさまよいこんできたような妙な思いもした。今年の夏まで一年間、私の研究室に来ていたイエールの大学院生のケーラー氏も和泉式部をめぐるお伽草子で発表した。彼は京都をはじめあちこち出かけ、実に精力的に資料を集めていた。

一番ショックだったのは、仏教文学専攻のケーメンズ教授が中世の説話の霊験や奇跡について発表した時のことだ。『今昔物語集』の、讃岐の源太夫が悪行の限りをつくしていたが、僧の説教を聞いて突如改心して出家、「阿弥陀仏よや、をいをい」と呼びながら西へ一直線に進み、山頂の樹上で極楽往生をとげ、亡骸の舌から蓮華の花が咲いていたという有名な話をとりあげた。ところが、「阿弥陀仏よや、をいをい」を英語で「ヘイ、アミダ！ ヘイ、ユー！」と訳したところ、会場がどっと笑い、さらに阿弥陀仏が「ここにあり」と答えた段では爆笑の渦に包まれた。ケーメンズ氏の軽妙な語り口が笑いを誘ったこともたしかだが、中世の説話や『今昔物語集』を専攻している者にとって、その笑いにはおおいに違和感を抱かされた。まじめな霊験の話なのになぜ皆ああまで大笑いするのか、よく理解できなかった。日本の宗教観や霊験譚など西洋には通じないのか、と何か名状しがたい不快感にとらわれた。しかもイエールに行く直前、立教の日本文学講読の授業でこの説話をとりあげ、今の我々には失われてしまった声の呪力について、あるいは仏の威力と衆生の信力との幸せな交感について力説したばかりで、学生の評判も比較的よかったので、なおさら衝撃はおおきかった。最終日に日本語でスピーチをもとめられた折り、そのことにふれたところ、声の問題は重要で私のいっていることはよくわかると、後でいろいろ弁護してくれる人が出てきたので、多少とも気は晴れたが、あれ以来みずからの思いこみに反省しつつも、違和感をぬぐいきれずにいる。

その夜、主催のワインスタイン先生のお宅でパーティがあり、日本の古いレコードで懐メロを歌ったり、話に花が咲いた。さらに驚いたのは先生の書庫である。日本の一般の大学図書館にもまさる仏教関係の蔵書が地下の書庫にあふれていた。翌日、十年ぶりにバイネッキ図書館で、『酒呑童子』の絵巻や鎌倉時代の密教の事相書の写本などを閲覧した（これも朝河貫一によるコレクション）。この図書館は世界中の貴重書を集めた、大理石造りの独特の建築でも知られる。いつでも誰でも自由に閲覧できるシステムになっていることにも驚かされる。

帰り際、ニューヨークのコロンビア大学の中世日本研究所で、「中世の未来記」について講演を行った。ここは立教に似た街中の大学で日本文学のセンターとなっている。中世文学研究で有名なバーバラ・ルーシュ教授に久しぶりにお会いした。十一月下旬、このコロンビア大学の中世日本研究所の主催で、尼と尼寺文化のシンポジウムが開催され、立教から助成を受けて参加した。ルーシュ先生が深く傾倒している中世の尼五山の始祖である無外如大の七百年遠忌の法要も大学キャンパス内の教会で行われた。無外如大といっても、日本でその名を知っている人はすくないだろう。木彫の如大像のレプリカが金沢文庫にあり、それが本尊として祀られた。京都から尼さんたちも出席し、荘厳な法要であった。教会での仏事など、いかにも奇異な感じを与えるが、意外にも雰囲気があっていて、如大像の前で散華行道したり、和歌を賛美歌風にうたったり、さまざまな儀礼が行われた。

その後、研究発表が三日間続き、今度は同時通訳がついた。仏教史・美術史・仏教文学等々の専門家が日米はもとよりヨーロッパからも集まった。私は以前ルーシュ先生に導かれて調査にかかわった京都の尼門跡の宝鏡寺（通称、人形寺）所蔵の和本について報告した。意外にも蔵書に軍記合戦物が多く、尼と軍記物との因縁はまだ解決がついていない。ここから出てきた写本『妙法天神経』（法華経に天神が和歌をつけた注釈書）を研究室で毎週院生たちと読んでいる。

内外の多彩な分野の研究者が一堂に介して、尼と尼寺をテーマに学会を開くような例は日本でも今までなかった。女性史研究やジェンダー論が盛んになったこともかかわり、今後も研究がひろまってゆくことであろう。アメリカの若い女性研究者は実際に日本の尼寺で尼さんたちと生活を共にしているそうだ。

またニューヨークに出かける直前、佐倉の歴史民俗博物館で、日本人の生・老・死をめぐる国際シンポジウムが開催され、老いのテーマでおば捨て山や養老滝などの棄老と養老説話、老いの坂図（人生の階段図）などを例に研究発表を行った。これもフランスをはじめ海外の研究者も多く参加し、さまざまな議論がかわされ、新聞にも紹介されるなど予想外に反響がおおきかった。

日本文学を専攻するのは、およそ外国語ができないことと同義で、私も例外ではない。観光旅行ならともかく、自分の研究で海外に行くことなどないだろうと思っていたのがこの状態である。二年前にはハワイでアジア学会があり、絵画と文芸とコンピューターのシンポジウムを行い、その時の出会いが縁で、カナダのカルガリ大学で中世文学を研究している中国人の楊暁捷氏が立教の客員研究員として、昨秋まで十年間来ていた。彼はコンピューターに堪能で、『百鬼夜行絵巻』のCDを出そうなどと計画している。その後に先のケーラー氏が一年間来た。この十月からはワルシャワ大学院生のアグネシカさんが来ている。ケーラー氏も彼女もお伽草子が専攻である。異国から来る「まれびと」たちが、私も含めてゼミの学生たちに与える影響は絶大である。そういえば、往年の前田愛先生のコレクションは、立教と提携校であるアメリカのコーネル大学に移り、旧友のフレッド・コタス氏がちょうどそこの図書館員でこの業務に当たり、一夏来ていた。彼は仏教の往生伝で学位をとっている。

もはや日本の文学や文化の研究は日本人だけがやっていればいい、という時代ではなくなった。海外の日本研究を無視しえない時代が来つつあることをあらためて感じた。そういう世界とのつらなりを、書物や書類にコピーの山、パソコン機器や製本器等々のひしめく狭隘な研究室で夢想している。いや、それはもうたんなる夢想ではなく、Eメールで内外のあちこちから連絡や情報が入ってくる時代になってしまった。近代の学芸の始祖の一人ともいうべき、かの南方熊楠は、海外の文献と自分の住む和歌山の田辺の身辺に起きたこととに説明しがたい共通性を見出し、その由縁に思いをはせていた。熊楠にあやかり、中世の説話や物語を通して、人の生きる不思議さを追究し、日本とは何かをみつめ、それがそのまま世界につらなるような回路を模索し続けたいと思う。

といっている間に、今度は国際交流基金の招請により、三月から北京の日本学研究センターに二か月半赴くことになった。今度はどんな出会いがあるのだろう。

5　立教大学日本学研究所のこと

2001年
『日本歴史』六三二号

立教大学では、日本文学科や史学科の教員が中心となり、二〇〇〇年度に日本学研究所を開設した。設立の趣旨は、年々ますます気運の高まってきている海外の研究者との交流促進、研究協力体制の確立ないし支援にある。ことに若手の研究者や大学院留学生との共同研究の推進を主眼としている。初年度の所長は日本史の荒野奏典教授で、日本史、東洋史、日本文学の研究者や大学院生が参加し、徐々に体制が整いつつある。部屋も予算もないままスタートした段階ではほとんど砂上の楼閣に近く、先行きどうなるかと懸念されたが、幸いにも荒野所長を代表者とするグローバリーゼーションのテーマの大型科研もつき、何とか無事船出することができた。まずは研究会をつみかさね、成果を報告書にまとめ、出版とホームページ公開の両面で検討している。

第一回の研究会は発会式をかねて五月に開催、フランス東洋言語文化研究院専任で日仏会館研究員のパスカル・グリオレ氏が散らし書きの仮名消息について報告。第二回の研究会は六月、名古屋大学の高橋公明氏が中世日本の境界論を報告。いずれも活発な討議となった。

七月は年一回の大会として公開シンポジウムを実施。「一六世紀前後の文化交流の諸相」がテーマで、おのずとキリシタンがメインテーマになった。講師は桐朋学園短大の岸野久、日本女子大の村井早苗、インディアナ大学のユルギス・エリソナスの各氏、司会は小峯が担当。ザビエル研究で一時代を画した岸野氏の、ルイス・フロイス『日本史』の大日論争をめぐる厳密な本文批判にはじまり、村井氏の秀吉バテレン追放令に端を発した神国や天皇をめぐるキリシタン資料の問題、エリソナス氏の聖者伝と排耶書にみる聖者伝のパロディ化への読みかえ等々、刺激的な発表が続き、これもさまざまに議論が及んだ。

フィールドがかさなりつつも史学と文学研究の方法論の差異もおのずとあぶりだされ、視点が複合的に交差する知的興奮をいながら味わうことができた。私自身そのシンポジウムの二週間前に仏教文学会の大会を立教大学で主催、そこでも「キリシタン文学と仏教」のテーマで、大阪外大の米井力也、立正短大の紙谷威広氏の発表と質疑に花が咲いた。熱狂的な信者によって占有されていた感のあるキリシタン文化が、ようやく正当な問題の俎上に載せられてきたという思いを深くした。

とりわけ岩波書店から翻訳の出たジャック・プルーストの『一六―一八世紀のヨーロッパ像―日本というプリズムを通して見る―』は、キリシタンなどを通して逆にヨーロッパ像を逆透視しようというそれまでにない意欲的な本で、おおいに啓発された。かつてキリシタンといえば、日本がいかに西洋を受け入れたかという一方向からの受容の視点だけであったが、ここへきて双方向からのまなざしに迎えとられるようになったといえる。そういう研究状況が立教大学を舞台に招来されつつあることにあらたな感慨をおぼえた。

キリシタン文化は対外交渉史や日本語研究からひろく注目され、研究もつみかさねられているが、文学研究は著しく立ち遅れている。ほとんど米井力也氏の孤軍奮闘という印象が強い。キリシタン研究はいまだに信者だけがやるものと思われたり、好奇のまなざしで見られる。しかし、キリシタンやイエズス会を窓に、今や地球規模にフィールドはひろがってきているのであって、あいかわらず国文学研究だけが後塵を拝している状態である。現在刊行中の週刊朝日百科の「世界の文学」のシリーズでも、キリシタンはほとんど視野に入っていないのが実状だ。

キリシタン文化というと、一六、一七世紀にくくられてしまう印象が強いが、実際は近世社会に深く浸透しており、幕末には攘夷思想から再びキリシタン排撃運動がおこり、あまたのテキストが産み出される。しかしそこにはおのずと聖書やキリシタン文献が吸収されており、排耶書もまたキリシタン資料としての面をもっている。そういう読みかえの時代にきているわけで、キリシタン文化の問題は潜伏やカクレの問題にとどまらず、以後の世紀にも一貫してかかわっているのである。研究の状況がまさしく全方位的にひらかれてきたのをあらためて感ずる。

誤解のないようにいえば、日本学研究所はキリシタンを格別にテーマとしているわけではない。よりひろがりのある研究の機軸をもとめている。七月末には北海道の道南から西海岸沿岸を遡上する実地踏査を行った。私も函館から小樽まで参加したが、中世の柵跡やアイヌ集落の墓地を見るにつれ、和人もアイヌも実は融合しあっていたことを知り、おおいに目がひらかれた。余市や上の国では発掘中の現場に行きあわせたり、中世後期の遺跡がすくなくないことにもショックを受けた。北海道にはあまり中世はないだろうという偏見にひたっていた浅はかさを思い知らされ、忸怩たるものをおぼえた。今までどちらかといえば、沖縄など南ばかり見ていたので、今度は北方にも目を向けねばとしきりに思いはじめているところである。

日本学研究所はさらに発会の旗揚げとして、二〇〇一年度秋に国際会議を開催することが内定した。「日本文化における境界と交通」というテーマで、異文化交流と変容・都市と諸地域・男女性差・宗教の習合と背反といった個別セッションで具体化し、内外の研究者と一同に会し、有機的かつ総合的に検証していく予定である。あらたな世紀のあらたな研究の座標軸をめざしての試みであり、大方のご支援とご協力をお願いできれば幸いである。

立教大学日本学研究所パンフレット

II

欧米を往く

大英博物館にて、絵巻の調査
（2007年 6 月）。

1　イェール大学蔵・日本文書コレクション目録解題

1990年

国文学研究資料館
『調査研究報告』十一号

解題

1　小稿はイェール大学図書館蔵、故朝河貫一教授将来の「日本文書コレクション」の目録及び朝河教授編著『日本イェール協会コレクション目録』の日本版である。前者は今回の調査ではじめて全貌が明らかになったもの。後者はすでに英文で刊行されている朝河貫一編著『GIFTS OF THE YALE ASSOCIATION OF JAPAN』（一九四五年版）を日本語化したものである。（通称・YAJ目録）。

2　小稿は昭和六二年・六三年・平成元年度（一九八七〜八九）文部省科学研究費補助金（海外学術調査）の成果にもとづく。また本調査の遂行はイェール大学図書館東アジア部長・金子英生氏の全面的な御協力と御支援によるものである。さらにYAJ目録の方は、一九八八〜八九年にイェール大学に滞在しておられた山村規子氏の詳細な調査カードを参照させて戴いた。

3　イェール大学図書館における和古書の概要及びアメリカ議会図書館との関連、朝河教授の経歴等は別項の金子英生氏の解題を参照して頂くとして、本調査の経過について簡略に述べておきたい。イェール大学における和古書の存在はすでに金子英生氏の紹介によってひろく知られ、金子氏が一部執筆されている、阿部善雄著『最後の日本人―朝河貫一の生涯―』（岩波書店、一九八三年九月刊）にも紹介されている。一九七九年、金子氏は国文学研究資料館にイェール大学蔵の奈良絵本の伊勢物語を持参され、その調査報告が「国文学研究資料館報」に掲載されている。（福田秀一「エール大学図書館蔵・奈良絵本伊勢物語―脱葉・錯簡の復元を中心に―」館報一六号　一九八一年三月）。

その後、文献資料部の第三次海外調査でイェール大学図書館の調査が正式に決定され、当時文献資料部第一室長の田嶋一夫を中心に計画が進められた。まず一九八七年八月一九日より九月八日まで田嶋一夫・小峯和明が予備調査を試み（田嶋はいわき明星大学に転任）、翌八八年八月二二日より九月三日まで文献資料部の新藤協三・吉海直人（翌年同志社女子大に転任）及び田嶋一夫・鶴崎裕雄（帝塚山学院短期大学教授）の四名、翌八九年八月二〇日より九月五日まで文献資料部の小峯和明・山崎誠・竹下義人、及び田嶋一夫がそれぞれ本調査に赴いた。その間、イェール大学のみならず、初年度はハーバード大学のフォッグ美術館、プリンストン大学図書館、コロンビア大学図書館、シアトル市立美術館、二年度はワシントンの議会図書館、ニューヨーク市立図書館、三年度はハーバード大学等々の予備的調査も試み、アメリカにおける国文学資料所在の実態をある程度まで把握し、今後の調査の足掛かりを得ることができた。

4　蔵書の傾向について簡単にふれておくと、「日本文書コレクション」の方は朝河教授の専門に応じて、歴史関係の資料が多く、ことに近世の幕府や諸大名をめぐる記録類の写本が多い。そのほか、法制、兵法、武芸、商法、対外交渉等々、文化全般にわたる資料が広範に収集されている。国文学の対象や範囲が拡張している昨今の研究状況に照らしても、従来その存在さえ知られていなかった資料が多く、『国書総目録』に記載をみない作品がかなり含まれる。

また、古記録・貴族日記類の明治期の書写本もすくなからずあり、書写生の筆録など文化活動の側面から注目すべき資料がある。ただし、仏教・思想関係の資料はほとんどみられず、大半はワシントンの議会図書館に所蔵されているものと思われる。

さらに今回の調査で明らかになった、スターリング記念図書館に別置される「日本文書コレクション」一四〇点あまりのなかに、巻子本『応永三十二年具注暦』(整理番号SML九二)があり、紙背の『後亀山帝元徳二年曼荼羅之訣』は当コレクションで最も古い写本であり、後宇多院の聖忌の仏事供養のための準備期間から法会にいたる日次の記録である。中世の仏事法会を知る一等資料として注目されるものである。

一方、「日本イェール協会コレクション」は金子氏の解説にみるように、東京帝国大学の黒板勝美が選書にあたった関係もあり、貴重な資料がすくなくない。奈良・平安朝書写の仏典をはじめ（訓点資料としても重視される）、建長五年（一二五三）写の『伝法許可作法次第』（盛範筆）、元亀二年（一五七一）写の『雲州消息』断簡（尊円筆）、手鑑等々があり、近世版本や複製、古文書もあわせて実に広範に収集している。

また、典籍以外にも、二曲一双の古文書張り交ぜ屛風があり、建久三年（一一九二）から延享四年（一七四七）にいたる興福寺を中心とする論義などの貴重な文書群が注目される（『平安遺文』や『鎌倉遺文』などにも漏れている資料である）。

今後、本目録を基礎に順次、許可が得られ次第、マイクロフィルムによって資料の収集を継続し、一般に公開していく予定であり、漸次貴重な資料については翻刻その他の形で、ひろく紹介していきたいと考えている。

「日本文書コレクション」には、一九〇七年将来本以外の、たとえばマーシュ教授将来の一八七三年書票本も一部混入している。このマーシュ教授将来本は、スターリング記念図書館の書庫にもジャンルごとに選り分けて散在しており、その全貌はいまだつかめていない。これ以外にも、一八九一・一九四二年書票本もあり、イェール大学所蔵の和古書の実態はまだ完全に掌握されてはいないのである。これらは朝河教授将来本にくらべると、蔵書の規模は小さいようだが、日米交渉のごく早い時期の収書として特筆されるべきであり、今後の調査の進展が待たれるところである。

5　なお、イェール大学の朝河文書の類は早稲田大学社会科学研究所の依頼でマイクロフィルム化されているが、当館の方針上、和古書に対象を限定し、それとの関連はとくに考慮しなかった。

6　最後に、調査はもとより滞在中の御便宜をはかって戴いた金子氏に深甚の御礼を申し上げたい。とくに金子氏には御多忙にもかかわらず御無理をお願いして、解題執筆の労をとって戴いた。

また、イェール大学東アジア言語文学科のマックレラン教授、ケーメンズ助教授、及び図書館の東アジア部の一瀬みつ子氏、マクドナルド碩子氏をはじめとする館員の方々に深謝申し上げる。さらに詳細な調査カードを提供して下さった山村規子氏にもあつく御礼申し上げたい。

限られた日程での調査であったため、かなりの不備や誤りが多いことを恐れる。大方の御教示を戴ければ幸いである。また、イェール大学蔵書とつれになる、ワシントン議会図書館の朝河教授将来コレクションの調査の機会も早急に得たいと念願している。

朝河貫一教授の墓碑

各本の扉に貼られた
1907年の書票

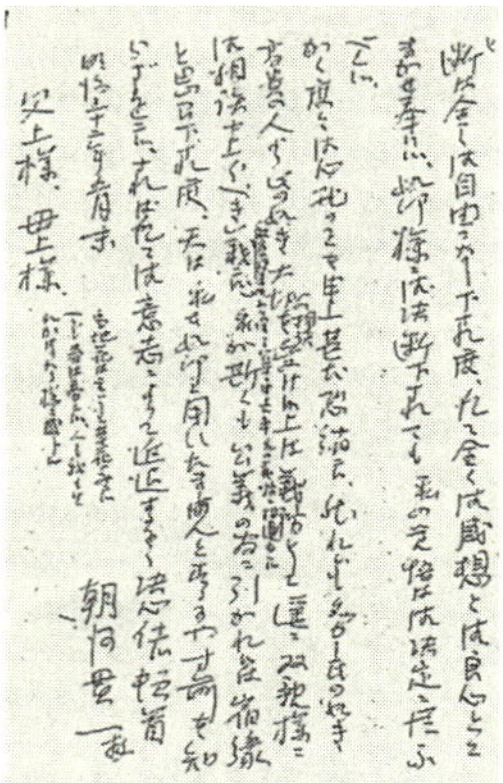

イェール大学図書館文書・古記録部蔵「朝河文書」より
朝河貫一教授の両親にあてた書簡

2　ワシントン議会図書館の和古書資料

2000年
『日本歴史』六二〇号

立教大学の同僚の渡辺憲司氏を中心に、アメリカのワシントン議会図書館の和古書資料の調査にかかわっている（和古書とは近代の活字以前の書物、典籍、写本・版本をさす）。議会図書館は日本でいえば国会図書館に相当するが、規模は比較にならない世界最大の図書館で、日本人のスタッフも多い。

調査は文部省の国際学術研究科学研究費により、一九九八年度からの三年計画である。中心メンバーは他に市古夏生、揖斐高、木越治各氏ら近世文学の研究者、初年度九月の予備的調査で図書館側との協議をふまえ、数百点を調査、九九年度は八月に二週間滞在し、本格的な調査を実施した。中世や近世文学専攻の大学院生の参加も得て、人海戦術の体制で基礎的な書誌データを作成、手書きの調査とパソコンに直接データを入力する方法との併用で、二千点近くのデータが蓄積された。二〇〇〇年の最終年度に全点の悉皆調査をめざし、目録を刊行するはずだったが、当初の見込み以上に資料が多いことが次第に判明し、三年間で完了させるのは困難な状況になってきた。

議会図書館の和古書資料に関してはすでに、八〇年代に図書館員の本田正静氏が日本文学・文化関係および和算関係の目録を公刊されている。本田目録は文学系が六三〇点、和算関係が四五〇点ほどで、書庫に整理別置されている。それ以外は今まで全貌がまったくつかめていなかった。

当然、我々の調査の目的は本田目録以外の資料の全容の把握にあるが、当初は本田目録以外は三、四千点といわれていたのが、どうやら少くみつもっても、六千点はあることが確実になった。一時は八千点以上もあるという噂が流れ、ことほどさように実態がつかめていなかったわけで、ようやくその全体像をとらえうる環境が整ってきた段階にとどまっているのである。なお、九九年度から図書館の目録課で和古書の詳細な目録作りもはじまっていることをうかがったが、完成までにはかなり時間がかかることが予想される。

和古書資料はジョン・アダムスビルの書庫に収められ、我々が調査するアジアコレクションのトーマス・ジェファーソンビルまで地下の長いトンネルを通って運ばれる。出納担当の館員のご苦労は並大抵ではない。館内は迷路のようで、レストランの食事や休憩の喫茶室の行き来にも一人では不安で迷ってしまうほどだ。図書館はまさに迷宮で、迷路のごとき路は我々の調査そのものの行く手を象徴しているように思えてならなかった。

ところで、議会図書館所蔵の和古書はどのように収集されたのか。「米国議会図書館日本語蔵書」の簡便なパンフレットがあるが、まず注目されるものにイエール大学教授朝河貫一コレクションがある。一九〇七年の収集で、イエール大学図書館とも折半のかたちで双方の図書館に収められた。朝河教授が日本に一時帰国して集めたもので、表紙は洋装のハードカバーに改装されているのが特徴、一九〇七年のゴム印が押されている。

私は国文学研究資料館在職中の一九八七・八九年、田嶋一夫氏を中心とするイエール大学朝河コレクションの調査におもむき、文献資料部の『調査研究報告』一一号に目録を掲載した。その折り、東アジア部長の金子英生氏から議会図書館にもほぼ同じ数のコレクションがあることをうかがい、機会があれば調査してみたいと思っていた。一九九五年に移った立教大学で渡辺氏の科研の企画が実現し、メンバーに加えてもらうことになり、ようやく念願がかなった

イエール大学にて

わけである。

議会図書館で洋装仕立ての和古書にふれた時、イエールとワシントン双方の朝河コレクションが私の中でひとつになった。出会いの機縁をあらためて思う。洋装仕立ての和古書は日本の書物の歴史からも注目され、当時の写字生が写した本が多いことも特徴的である。なお、イエール大学には日本イエール協会が出費したもうひとつのコレクションがあり（その担い手も朝河教授）、世界中の稀覯本を集めたバイネッキ図書館に所蔵されている。

議会図書館の朝河コレクションは、歴史資料が中心で仏教書も少なくない。イエール大学では仏教書があまりなかったから、意図的にふりわけていたらしいことが確認できる。しかし、議会図書館では、もともとのコレクションはある程度のかたまりは残しつつも解体されており、調査が完了しないとその全体像もみえてこない。仏書の本奥書に、元禄頃の叡山横川の厳覚の名をしばしば目にした。この人は早稲田大学図書館の教林文庫蔵書の中核をなす人物だった。何がどこでどうつながってくるかわからない。

今回の調査でさらに目をひいたのは、「参謀本部文庫印」の蔵書が集中的に出てきたことだ。帝国陸軍参謀本部の蔵書にほかならない。陸軍士官学校蔵書などとあわせ、旧中央情報局外国語文書部から譲られたものらしい。ほかに海軍や満鉄などの資料もあるようだが、和古書に関しては確認できていない。

この参謀本部蔵書では、中世・近世の兵法書が大量にあった。ことに兵法書の代表ともいえる『訓閲集』(近世中期写)がばらのかたちでたくさん出てきた。まさしく参謀本部のお膝元の中核になる書物で、それ自体の収集の経緯はどうだったのか、そもそも参謀本部の文庫とはどんなものだったのか……謎が謎を呼んでくる。

議会図書館は西暦二〇〇〇年に開館二〇〇周年を迎える。知られざる一編の写本が日米の交流の歴史そのものをまざまざと浮かびあがらせる。歴史の闇から何かがたちあがってくる、そんな予感にしばしひたった。

3 議会図書館及びイェール大学所蔵朝河収集本をめぐって

2003年
AASパネル発表
於・ニューヨークヒルトンホテル

1 朝河収集本の全容解明

戦前の日本法制史学者でイェール大学教授だった朝河貫一がイェール大学とワシントン議会図書館双方からの要請を受けて日本に一時帰国し、積極的に資料を収集、その大半を日本で洋装本に仕立て直し、アメリカに送った。その数はイェール大学・議会図書館双方を合わせると、一万点、六万冊を越える膨大なものであった。一九〇六、七年（明治三九、四〇年）のことである。これを朝河収集本もしくは収集資料と呼ぶ。二十世紀初頭、アメリカにおけるごく早い時期での本格的な日本語資料のコレクションとして特筆される。朝河は図書館の初代東アジア部長にも就任、日本の帝国主義化や日米開戦にも異を唱えたことで知られる。朝河が日本に帰国する前年に日露戦争で日本が勝利し、アメリカのポーツマスで講和条約が締結されていた。アメリカと日本との交流のために日本を研究する必要性が強く意識された情勢が背景にあったと思われる。朝河はこの要請によく応え、質量ともに優れた資料を収集した。またこの頃、朝河は日本の外交政策に強い危機感を表明し、一九〇九年、『日本の禍機』を出版する。

朝河の収集した典籍の領域は多岐にわたり、基礎研究に必要なあらゆる領域をほぼ網羅していると認められる。その全貌は容易に知られることがなかったが、一九八七年から八九年の三年間に及ぶ国文学研究資料館の海外科研による調査にもとづく「イエール大学蔵・日本文書コレクション目録」(「調査研究報告」一一号、一九九〇年三月)によって、まずイエール大学における蔵書資料の様相が明らかになり、ついでこの度のプロジェクトによって議会図書館目録が完成を見、ようやく朝河収集本の全貌が掌握されるにいたった。今後の研究のおおきな足がかりを得ることができたといえる。

イエール大学では、朝河収集本の大半は貴重書収蔵の専門図書館バイネキ・ライブラリィに収められているが、スターリング記念図書館の東アジア部にも一四六点ほどが未整理のまま置かれていた。国文学研究資料館調査の折り、これを整理し目録にはSMLの記号で架蔵番号をつけたが、二〇〇一年に再訪した折りもそのままの状態になっていた。いずれはバイネキに合わせて所蔵されるべきものであろう。

ところで、朝河収集資料には、もうひとつイエール大学のバイネキ・ライブラリィに所蔵される日本イエール協会出資コレクションがある。これはイエール大学の日本人の卒業生を中心に組織されたもので、横浜に本部があったが、現在は存在しないようだ。一九三四年にここからの出資を受けて、朝河は別のコレクションを形成していたのである。しかもこのコレクションについては、朝河自身それ以後の収集本も含めて、一九四五年に『GIFTS OF THE YALE ASSOCIATION OF JAPAN』という英文の目録(略称・YAJ目録)を公刊している。国文学研究資料館の調査の折り、この英文目録をもとに、全点を山村規子氏が調査されていた書誌カードを合わせて、和文目録として報告書に同時に掲載した。

このYAJ目録本には、洋装仕立ての装幀はほとんどなく、ほぼ全点が原装のままである。古写本をはじめ貴重な資料がすくなくない。人麿図や天神影など掛幅の図絵や複製本など、写本から版本にいたるまで内容・形態ともに多様であり、みるべきものが少なくない。一九四五年という太平洋戦争終結の時点での目録刊行には、日米開戦に異を唱えていた朝河の将来の日米交流への思いが感じられてならない。

2　朝河収集本の特徴

一九〇六、七年の朝河収集本のほとんどは洋装仕立てになっているが、しかも日本でそのような装幀に変えられていたことが何より注目される。おそらく洋装でなければ書物として認知されないことが意識されていたためではないかと思われる。たとえば、東京大学図書館にもこの種の和装本を洋装仕立てにした本がみられる。西洋文化にともなう書物の一種の文化衝撃の実例であり、書物の歴史からみてもきわめて興味深いものであろう。

洋装仕立て本のうち、和装の原装表紙が残されている場合と処分されてはぎ取られている場合とがあり、その差異に何か意味があるかどうかは判断できない。表紙がない場合、書誌学上貴重な資料が失われてしまっていることになる。

これら洋装表紙の扉に年次を示したゴム印が押されていて、それによって登録年代が確定できるのである。これはイエールもワシントンも同様である。

また同時にこれらの書物の多くは、当時の写字生といわれる人たちによって写されたものが大半を占める。もちろん原本のものもあるが、貴重な写本はあえて日本に残し、それを転写して、アメリカに伝えたのである。これは朝河の一貫した方針で、まさに卓見であった。今後、研究がさらに進めば、具体的にどの本をどのように写したかが解明できるであろう。明治期における書物の書写史の面からも貴重な例となるに相違ない。

それにしても書写に費やした労力は大変なものであろう。コピー機もないし、写真機もそれほど普及していない時代にあっては、古書を写すことはいわば当たり前であり、戦前まではこれが普通であった。戦前の研究者はみずから写本を写すことがすくなくなかった。東京大学史料編纂所などは各地の史料を謄写して収集すること自体が重要な業務であった。また各地の文庫などでも、研究者の依頼に応じて書写するサービスもあったようで、それが一般的であったようだ。

この書写作業の担い手の多くは写字生といわれる若者であり、一種の学生アルバイトのようなものであったろう。ほとんど無名の写字生たちのはたした役割は無視できない意義があり、活字文化からは見えなくなった、隠された学的世界の基盤形成から見直されるべきことであろう。これを「写字生の文化」と名付けてみたいと思う。

たとえば、議会図書館の朝河収集本の中に、明治三六年、本願寺留学生中野慧遠が『覚禅抄』を書写し、その苦労が序文に切々と綴られる。写字生がその労苦を直截に語る例は少ないので、これはきわめて貴重な例ではないかと思われる。

「写字生の文化」はたとえば南方熊楠のような存在にもかかわってくる。熊楠はロンドン時代、大英図書館で膨大な書物を次から次へ写し、『ロンドン抜書』にまとめた。また、田辺に落ち着いてから、神社合祀問題の渦中に、これも万巻の書籍を深更に及んで写し続けている。これが『田辺抜書』である。今では忘れ去られつつある、写すという身体行為のもたらす意味を見直す必要があろう。

朝河収集本からは南方熊楠などにも共通する、「写字生の文化」が立ち現れてくる。今後の研究の進展を見守りたいと思う。

さて、朝河収集本はイエール大学と議会図書館とに分けられたが、その差異はどこにあるのか、従来はまったくわからなかった。イエール大学調査の折り、仏書関係が少ないことを感じていたのだが、はたして議会図書館からは大量に仏書が出てきた。長年の疑問が氷解した思いだった。今回の目録によって全容が姿をあらわし、解明におおきく近づくことになった。ある程度双方のコレクションの色分けをしていたことがこれではっきりしてきたが、その区分の契機が何かまでは、まだ明らかではない。これも今後の展開が期待されるところである。

仏書では、天台宗系統の資料が比較的多く、特定寺院の聖教をそっくり寄贈された可能性がある。一例をあげれば、「花山元慶寺」の印記の写本が多く、まとまったコレクションの可能性が高い。名高い僧正遍照ゆかりの古刹であり、細かくみていけば、この種の例はほかにも出てくるであろう。

3　貴重本をめぐる

以上のごとき朝河収集本の中で、とりわけ貴重なテキストについて最後にふれておきたい。

議会図書館所蔵分では、いわゆる古写本はほとんどないようだ。これに対してイエール大学所蔵分には、古写本がみられる。

すでに翻刻紹介したが（『平家物語の転生と再生』笠間書院、二〇〇三年）、『元徳二年後宇多院聖忌曼荼羅供』がある。巻子一軸。元徳二年（一三三〇）六月に行われた後宇多院の七回忌における曼陀羅供の法会儀礼の準備と当日の次第を記録した転写本である。応永三二年（一四二五）の具注暦の紙背文書に相当する。この年をさほど下らない頃の書写と思われる。後宇多院は有名な後醍醐天皇の父、鎌倉最末期、南北朝の動乱にいたる時代の仏事法要記録として貴重である。

貼付された書き付けのメモによれば、本書は西洞院家旧蔵本で、明治三七年（一九〇四）に春和堂が入手、軸装を施し、滋野井家からすき返しの表紙を譲り受けたという。イエール大学の書票は、一九〇七年であり、朝河教授が春和堂から直接入手したのであろう。

朝河収集本で最も書写年時の古いのは、ＹＡＪ目録分になるが、建長五年（一二五三）写の『伝法許可作法次第』であり、他に元亀二年（一五七一）、尊円法親王筆の『雲州消息』がある。

また、国文学研究資料館の調査目録作成の折り、スターリング記念図書館分（ＳＭＬ）にありながら目録に漏れたものが二点あったので、追記しておきたい。神明説話の『日吉山王利生記』、お伽草子の『はまぐり』である。後者は紺表紙の絵入り横本で、本文は渋川版とおおきく変わらない。前者は絵入り三冊本である。

さらにイエール大学には、二曲一双の古文書張り交ぜ屏風があり、建久三年（一一九二）から延享四年（一七四七）にいたる興福寺を中心とする南都の論義などの古文書が貼付されていて貴重である。

今後は議会図書館とイエール大学の双方に目配りした総合的な朝河収集本の研究の積み重ねが必要であろう。また、朝河収集本以外の議会図書館資料としては、旧陸軍参謀本部所蔵の兵法書コレクションが注目される。とりわけ『訓閲集』が大量に出てきたので、これも今後の課題としたい。

4　ニューヨークと絵巻

2001年

『立教大学日文ニュース』六号

はじめての研究休暇で、あれもこれもと欲張りすぎ、結局ふだんよりよっぽど忙しくなってしまった。まったく休暇になっていないことに気づいた時には、十年ぶりに持病の通風が再発、治りかけてはまた発作のくり返しで、ついに断酒。六月のベルリンのビアガーデンが最後の酒宴になってしまった。おまけに九月にはギックリ腰まで加わった。それでも旅から旅への歯車は動き出したらとまらない。ことに海外に出かける機会の多いことおびただしく、平均して月に一度は出かける始末とあいなった。

三月は台湾、四・五月のゴールデンウィークは中国・韓国、六月はヨーロッパ、八月はベトナム、九月上旬は中国、九月下旬から十月はアメリカ、十一月は韓国……と。その合間には京都や四国など国内出張も多く、家にいる日がきわめて少なく、まるでそぞろ神にとりつかれたような浮遊する日々である。これらのことどもを事細かくあげつらえば、いくら書いても枚数が足りない。ここではアメリカ体験の概要を紹介するにとどめるほかない。

九月、渡辺憲司氏と中国（大連・天津・北京）より帰国。台風騒ぎで足止めかと思いつつ無事に帰れてやれやれとテレビのニュースを見たら、あのテロ事件の報道がとび込んできた。二十日にニューヨークに向かうことになっていたから、よけいに衝撃は大きかった。昨年夏、ワシントン議会図書館調査の帰り、院生達と屋上でマンハッタンの夜景を楽しんだ、その巨大なビルが目の前で消えてなくなった。夢でも見ているような思いだった。それでも行かざるを得ないと覚悟を決め、よせばいいのに部屋の片付けなどはじめて、気が付いたら腰が痛みだし、何とか歩けるものの、重い荷物など持てる状態ではなく、結局五日間出発を遅らせ、針とマッサージ治療に通い、満身創痍のかたちでようよう飛行機に乗り込んだ。

今回の目的は、ドナルド・キーンセンターの招聘により、コロンビア大学に一ヶ月滞在、週一回、日本文学専攻の大学院のセミナーを担当、その間、各地の大学の講演にも赴くというものだった。ご招待なので飛行機もビジネスクラスだったが、たった三人しか客はおらず、時間前早々に飛び立ち、到着したＪＦＫ空港も閑散としていた。

宿舎の十四階のアパート（バトラーホール）からはラガーディア空港に離着陸する飛行機がよく見え、それがまた事件の残像と結びついた。コロンビア大学はマンハッタン島の北部にあるので事件の直接の影はうかがえなかったが、星条旗がやたらと目についた。大きい駅の構内には行方不明の人たちの写真がたくさん貼られてあった。講演に出かけたインディアナ大学からの帰路、飛行機がマンハッタン島の南部をまわり、ふと見やると煙が立ち上っているのが眼にとび込んできた。事件から二十日後のことだった。名状しがたい思いにとらわれ、心が痛んだ。歴史が大きく変わってしまったことを痛感した。あの煙は亡くなった人たちの浮かばれぬ霊がさまよっている姿そのものでは、と今にして思う。

その一方でコロンビア大学でのセミナーや生活は充実して楽しいものだった。毎週木曜日、午前十時半から午後一時半まで、シラネ・ハルオ教授のゼミで間に休憩をはさむ程度で、中世説話の講義を延々とやった。院生達は優秀でよく勉強し、話の途中から割り込んで質問までする。日本からアメリカに来て日本文学を専攻する院生もいた。今はそういう時代である。最終回は公開講演会の体裁で、絵巻をテーマにビデオや大学にある『浦島太郎』の実物の絵巻を使った。ふりかえると、ほとんど絵巻三昧だった。スペンサー・コレクションにバーク・コレクション、メトロポリタン美術館に、クリスティーズのオークションにかかる絵巻まで見せてもらった。以前調査したイエール大学の朝河コレクションにもまた出会えた。再発見がいろいろあった。シラネ氏とミュージカルも見に行ったが、これも舞台転換に絵巻と同じ手法を見てしまった。ニューヨークと絵巻は私にとってわかちがたいものとなった。シラネ邸でのお別れパーティでは絵巻調査用のノートや文鎮をプレゼントされた。

休日にはメトロポリタン美術館の渡辺雅子・村瀬実恵子氏が車でマンハッタンから北部の野外美術館に連れて行ってくださった。

他大学の講演は先のインディアナに、コーネル、イエール、プリンストンとまわった。インディアナでは英語で原稿を棒読みしたが、スミエ・ジョーンズ先生曰く、「通じたわよ」。

まさに汗顔の至り。コーネル大学では前田愛文庫に対面できた。しゃれたデザインの書票が本の扉に貼られてあった。購入の一切を仕切ったのは図書館員の旧友のフレッド・コタス。彼のオフィスに前田文庫のまだ未整理の和本が山と積まれていた。日文の院生達がこれを整理して目録作りをしてはどうか、という思いが沸々と湧いてきた。帰って渡辺氏にその話をしたら、さっそく科研の申請にそのプランを盛り込んでくれた。いずれそういう日が来るのは遠くないだろう。

こうして、ニューヨークを主とする一ヶ月はあっという間に過ぎさった。ニューヨークという名にふれるたび、図書館の絵巻と繁華なブロードウェイ界隈と郊外の美しい紅葉の光景と巨大なビル倒壊の幻像とが、幾重にも重なり合って脳裏を離れることがない。

ニューヨークにて。ハルオ・シラネ氏らと（2003年）。

スペンサー・コレクションにて。

5　在米絵巻訪書おぼえがき

2002年
『立教大学大学院日本文学論叢』二号

1

すでに「ニューヨークと絵巻」(前章)で簡略にふれたが、二〇〇一年九月下旬、あの衝撃的なテロ事件から二週間後、ドナルド・キーンセンターの招聘により、コロンビア大学に一ヶ月滞在した。また、十二月初旬、同僚の渡辺憲司氏を中心とするワシントン議会図書館の和古書資料調査に参加し、その折りニューヨークにも立ち寄った。この二度にわたるニューヨーク滞在でいくつかの絵巻や絵本を観ることができたので、その報告を若干試みたい。また、六月にはロンドン、ダブリン、パリ、ベルリンとまわって絵巻を見てきたので、これについても機会をあらためて述べたいと思う。きちんとしたかたちでまとめる余裕がなく、ひとまず覚書として出させていただくこと、あらかじめおことわりしておきたい。

今回、閲覧できたのは、ニューヨークのパブリック・ライブラリーのスペンサー・コレクション、メトロポリタン美術館、バーク・コレクション、クリスティーズ、インディアナ州立インディアナポリス美術館、インディアナ大学のリリイ・ライブラリー、キンゼイ研究所、イエール大学のバイネッキ・ライブラリー、スターリング・ライブラリー、ワシントン議会図書館、フリア美術館などである。コーネル大学にも出かけ、前田愛コレクションを見てきたが収蔵絵巻はなかった。また、プリンストン大学は講演のみで図書館に行く余裕がなかった（以前、『平家物語』や『保元平治物語』の絵本を見たことがあるが）。以下、個々の例を具体的にみていこう。

まず、中心となるのはニューヨークのパブリック・ライブラリー、スペンサー・コレクションである。日本語でいうと、ただの公立図書館になってしまうが、五番街四十二丁目、まさにマンハッタンの中心部にある世界有数の図書館である。大理石の造りで入り口のライオン像がシンボルになっている。ワシントン議会図書館につぐ規模で、日本でこれに匹敵する規模の図書館はない。スペンサー・コレクションは、すでに一九六八年に反町茂雄による目録が出され、古典研究ではひろく知られている。その名は、ウィリアム・オーガスタス・スペンサーという人物にもとづく。西洋絵入り本のコレクターであったが、一九一二年、例のタイタニック号遭難の犠牲者の一人となり、その基金によってコレクションが一九二七年に設立、世界中の貴重な絵入り本が収集されているものである。以前、このコレクション本で中世ヨーロッパのメディチ家旧蔵の絵入りイソップ写本のカラー写真版を、ロンドンの古本屋で偶然手に入れたことがある。日本の絵入り本は戦後、写本・版本、絵巻・冊子を問わずひろく集められ、数百点にのぼる。質量ともにこれだけ充実した日本前近代の絵入り本コレクションは世界に例をみない。ダブリンのチェスタービーティ・ライブラリーも著名で好対

ニューヨークにて。自由の女神をのぞむ（2000年９月５日）。

照だが、数の上でスペンサーははるかに上回る。多くは弘文荘すなわち反町茂雄の仲介によるものであるが（「月明荘」の印記）、その後も断続的に収集が続けられている。別に版本のみのコレクションもあり、その全貌を掌握しうる総合的、体系的な調査は行われていない。日本でも一九八七年にお里帰りの展覧会がサントリー美術館で開催されている。

ここは一九九八年に一度来ていたが、今回は以前にまして集中的に閲覧することができた。巻物を細かく観るのは、太巻きや巻数の多い場合もあって、とにかく時間がかかる。一日に五点という制限があるが、その程度で充分かもしれない。学芸員のマーガレット氏が全部巻き戻してくださるなど、ご協力を得て作業はずいぶんはかどったが、なかなか見尽くすことができない。

今回閲覧できたテキストの書名だけ列挙すると、『釈尊出世略伝記』『張良』『布袋の栄花』『是害坊』『天神縁起』『酒呑童子』三点、『大王姫』『鶏鼠物語』『富士の人穴』『八幡の本地』『蓬萊山』『四国落』『咸陽宮』『田村の草子』『十二類絵巻』『祇王物語』『熊野の本地』『山海異物』『池之坊秘伝聞書』『断定易画図』『屋島尼公物語』『二所天照皇太神遷年時代抄』『因果業鏡図』『香薬図』等々である。文字通り「電覧」ですませたものも少なくない。

2

なかでも注目されるのは、反町目録以後の『酒呑童子』と『十二類絵巻』である。前者は二点あるが、そのうち一点は一九九一年購入の、絵巻六軸と一冊。一冊は袋綴写本「大江山記御巻物二添」と外題、詞書が分離されたものである。朱の校合あり。絵は淡彩。絵巻の末尾には以下の奥書がある。

以上六巻山門禅林院
律師随従駆烏沙弥所蔵
大江山巻物画借写畢
天保二卯初冬金谷道人記

これによれば、天保二年（一八三一）、金谷入道の作で、叡山の禅林院所蔵本を転写したものである（詳細不明）。他本と比べ、特異なのは結末で、桂川で酒呑童子の首実検を行い、そのさまをさらに絵師が絵画化している場面である（以下、句読点は私意）。

桂川の辺に着しかば、各馬より下る。帷幕の内に入て、勅使を蹲踞し奉る。勅使、叡感の趣をのべて、首実検ののち、末代の様しに画図に写て、叡覧有て引て、其頃の名人千枝常則、勅を承て写し、絵にゑがく。次第の記録は議佐理卿かかれけるとぞ。

という詞書で、これに対応して千枝常則が絵を描き、佐理が次第を記録する画面があり、ついで陰陽師安倍晴明が祓えをする場面が最後にくる（図A）。

其のち鬼の首をば悉く灰に焼、

桂の川へながし、安倍晴明承て

はらゐの祭も被行之。

とされる。首実検から絵画や記録化、灰にした後の祓えにいたるまで、酒呑童子の首の顚末を物語る結末である。頼光らの凱旋で終わるのが一般的な型であろう。時代は下るが、というより後の時代ゆえの趣向であり、語られざる領域への想像力の作用がよくうかがえる。酒呑童子の首を灰にするという展開は、以前『職原抄』注釈で指摘した（「説話文学研究」三二号）、惟喬・惟仁位争い話における叡山に封じられた酒呑童子の灰の話題とも響きあうものを感じさせる。安倍晴明が最後に祓えを行うのは、冒頭の姫達の誘拐を酒呑童子の所為と占う筋立てに対応する。首尾一貫した体裁を意識したものであろう。いずれにしても、本絵巻は『酒呑童子』変奏として興味深いものがあり、諸本の位相差から無視しえないテキストといえよう。

『酒呑童子絵巻』は海外にもずいぶんたくさんある。チェスタービーティ・ライブラリー蔵本は有名だが、近年ではフランクフルトの工芸美術館をはじめ、ワシントンのフリア美術館にも二点収蔵されることが知られている。イエール大学バイネッキ・ライブラリーの絵巻は以前かんたんに紹介したことがあるが（「酒呑童子のふるさとを往く」『伝承と文学　上』岩波書店）、今後内外の絵巻をあわせて総合的、多角的に検証する必要があろう（徳田和夫「越後の酒呑童子」『伝承文学研究』五一号の論、斎藤研一・絵本の会発表）。

ついで『十二類絵巻』をみよう。これも反町目録以後のもので、絵巻三軸。鳥の子紙、濃彩の豪華本である。制作は十八世紀に下るであろうか。最古の京都博物館本（旧堂本家本）の系統に等しい。チェスタービーティ・ライブラリー本では欠けている下巻巻頭の、狸軍と十二類群との最初の合戦も描かれている。

ひとまずこの画面に注目すると、画面冒頭から甲冑に身を固めた十二類軍が右から左へなだれをうつように攻め込んでいる。鳥兜の鶏が日扇をかざし、前線は楯を押しならべている。鶏は詞書の「鶏一番にときをつくりければ、城にもときをぞあはせける」に応ずる。ついで雲に乗った龍が見下ろすように弓をひきしぼってねらいすましている。雲は裾長く尾を引いており、真下に虎がいるので、位置はそれほど高くはない印象を与える。高いところから飛行してきて近くへ下りてきた感じである。そして虎の先に鼠・犬・猫の一群がくる。鼠は衣を頭からかぶった僧兵スタイルで、右へ逃げようとしており、間に犬が入って左手の猫の攻撃をかわそうとしている。これは、詞書にいう以下の場面に対応していよう。

寄手の方よりねずみ、いむけの袖のかぶりのいたをくはへ、しころをかたぶけて、走出たりければ、城のうちより、猫出あひて、追かけけるを、犬へだたりて、猫をば城へぞ

図A

追入ける。

城の出入りの具体ははっきりしないが、鼠と猫の対決に犬が割ってはいる設定はこの詞書に対応していよう。チェスタービーティ本ではこの初度の合戦画面がなく、最後の愛宕山決戦で、山上の猫と麓の鼠の対峙が独自に設定される改変とも響きあうものがあろう(チェスタービーティ本でも右の詞書自体は共通するが)。いずれにしても、詞書に応じた合戦の逸話が絵画としてはめ込まれ、合戦画面がかたどられている。

次第に両軍激突のさまが左から右へ移ると同時に、狸軍に視点が転換する。狸軍の楯には蝶の模様が描かれる。対する十二類軍は木瓜文で、京博本の楯の模様が様々で一定しないのと対照的である。左手で槍を斜め下に下げ、右手で敵の首を突き刺した太刀を直に持ち、右方へ走りさろうとする虎がいて、その上に以下の画中詞もみえる。

ぶんどりはしつ、われとおもはんものおちあへや。

虎の活躍は詞書にもみえ、狸軍の頼みとする狼を討ち取ったとあるから、刀に刺した首は狼であろうか。

また、その左上に両翼をひろげて左方へ逃げ出す空飛ぶ白鷺がおり、くちばしの先に「ながゐをして、うきめにあひぬる」の画中詞がある。この白鷺は対応する詞書はないが、上巻末尾の有名な狸軍の談合場面に「ゆるぎの森の白鷺」として登場する。画中詞の「ながゐ」には、長い首の意もかけた語戯があろう。空往くものとして十二類軍の龍と好対照である。

さらに左手に向かって逃げ出す狸軍がいて、足をひきずった鳶か鷹らしきものがいう、

ひやうらうまいつきをけといひしをもきかで、ひだるさよ。

その前方にやわらかな感じの緑の山並みがひろがり、その続きに左に狸、右に鳶が向かい合う場面がくる（図B）。狸の左下に甲冑姿の供の者が後ろ向きに控えている。鳶は右手で武器の杖を抱え込むように突き立て、左手で右方向を指さし、狸は右手に扇、左手で弓を突き立てている。その上には巌がそそりたっており、洞窟状になっている。背景に霧がたちこめ、遠く山並みが描かれる。京博本の鳶は背中に斧をさしているが、スペンサー本はない。

同系とはいえ、双方微妙な差異がうかがえる。『十二類絵巻』における斧は一貫して鳶のシンボルとなっており、山状のイメージと結びついている。斧のないスペンサー本は鳶の印象を薄くしている。

そして、ここにも両者の対話の画中詞がみえる。

このいくさそれ候ぬ。あたごの山にひき上りて、

くづれ坂をほりきり、ひとささへしてみ候ばや。

京博本は一続きで鳶のせりふであるが（京博本「それ候ぬ。あはれ、あたごの山に」の「あはれ」がない）、スペンサー本はせりふの間が一行あいていて、「くづれ坂」以下は狸が言っているようにもみなせる。両者のやりとりを意識したものであろうが、ふたつに分けてしまうのはやはりおさまりが悪く、すべて鳶のせりふとみた方がよい。模本の『獣太平記絵巻』では、すべて狸のせりふとして扱われている。この愛宕山のくづれ坂云々はどこからくるかといえば、次の段の詞書である。

負け戦さになってちりぢりになった狸軍、戦意喪失の狸を鳶が空から見つけて挑発、説得して再び軍勢を結集する。その長いせりふに以下のようにいう、

究竟のやつばら、一両人もうちとりなば、其後、太郎房に案内まうして、あたごの峯に引あがり、くづれ坂ほりきりて、たてこもりなば、十二類の人々もいかでかたやすく落べき。

図B

敵の十二類軍は戦勝のおごりで酒に酔いつぶれているだろうから、そのすきに勢力を再結集して襲撃し、その後、愛宕山に立て籠もろう、というもので、「太郎房」とは「愛宕山の太郎房」として名高い天狗の首領である。これについては以前詳しくふれているので、省略する（『説話の森』岩波現代文庫）。「くづれ坂」は愛宕山に登る要害の坂であることが知られる。つまり、先の画中詞はこの後に出てくる詞書の鳶のせりふを先取りしたものだったことがわかる。通常、絵巻は詞書が先にきて、絵は後にくるから、絵はその詞書の後追い表現になる。画中詞も必然的に前の詞書をうけて内容を補足したり意味を強調したり、時に遊びで逸脱したりもするが、基本型は変わらない。ところが、このスペンサー本では画中詞が後の詞書の内容を先に表出してしまっているわけである。

こうした例は比較的珍しく、後出本の特性かも知れないが、注意してみていけばまだまだ出てくるであろう。詞書の物語本文と画中詞の関係は錯綜しており、多面的である。なかには画面自体が詞書を先取りする例（たとえば、ベルリン美術館本『天稚彦草子絵巻』の天稚彦が姫に袖を渡す場面）もあり、詞書と絵画の関係も固定化して扱えないことを示している。

以上、必ずしもスペンサー本特有の問題に限らないが、スペンサー本を見て触発された読みの課題としてあわせてあげておく。スペンサー本は未紹介なので、機会をあらためて詳しくとりあげたいと思う。『十二類絵巻』もまた海外も含め、伝本が多く、相互の関連比較研究はもとより重要だが、個々の注釈的な読みが必要である。これも今後の課題としたい（小峯「稲荷山の老狐」『朱』四五号）。

このような調子で個々の絵巻について見ていくときりがない。二、三ふれておくにとどめよう。まず『天神縁起』は六軸の充実した絵巻で、承久本系統の十六世紀末、中世末期のものではないかと思われた。ただし結末は、一条院の時代、天神が正一位太政大臣の官位を贈られた時、「昨為北闕被悲士」云々の絶句を託宣、この詩を一度詠ずる人を毎日七度守護せんと誓う段で、弘安本にみられる。『北野天神縁起』は伝本多く、まだ研究が充分進展しておらず、海外にも多く伝存することが明らかになってきている。今後の展開に期待するほかないが、メトロポリタン本に比べてスペンサー本はほとんど忘れられているようなので、あえてその意義を強調しておきたい。

今年は道真没後千百年記念で、昨年辺りから天神をテーマにした展覧会やイベントが増えている。院生達との共同研究の、四年近くに及んだ『妙法天神経解釈』の注釈研究も昨年夏ようやく上梓できた（『宝鏡寺蔵妙法天神経解釈　全注釈と研究』笠間書院）。『法華経』の一品ごとに天神が和歌をつけた『妙法天神経』の近世期の注釈書で、今までほとんど知られていないものだった。まさに天神信仰の所産にほかならず、ちょうどタイミングがあった感じだが、一時的なブームに終わらせたくないと切に思う。

スペンサー・コレクションの絵巻というと、お伽草子や幸若舞曲本などひろき物語系が注目されるが、図巻というべき本草学や兵法や神祇書、年中行事や祭礼、鉱山、蝦夷、琉球などの風俗図等々、非物語系のテキストもすくなくない。物語性の如何を尺度に、巻子本は「絵巻」と「図巻」の二種の呼弥に区分すべきと提唱しているが（「図巻」は「画巻」とも）、後者の非物語系についても付言しておくと、たとえば神祇書に『二所天照皇太神遷幸時代抄』一軸がある。天照大神の降臨から伊勢に鎮座する過程を記した書で、『倭姫命世記』によることが指摘される。すでに伊藤聡編『両部神道集』（真福寺善本叢刊六・臨川書店）に十四世紀とされる真福寺本が紹介される。スペンサー本はおよそ十六世紀写と思われる。他にも伝本は多いが、このスペンサー本は今まで見のがされていたものである。特に鏡にまつわる神体が絵画化されており、図像学からももっと検証されてよい。神祇書にはとりわけ図像が多いにもかかわらず、ほとんど研究が及んでいない。神祇書のイコノロジー研究が急務であることを実感する。

ところで、スペンサー本で今回閲覧がかなわなかった絵巻に『平家物語絵巻』がある。損傷が進んでいるためとのことであったが、幸いにもメトロポリタン美術館の渡辺雅子氏からネガフィルムをお借りできた。白描の典型的な模写絵巻であるが、模写という負のイメージを払拭しうる堂々たる絵風で、『伴大納言絵巻』をはじめ著名な絵巻の場面をふまえた画面構成もみえ、今後の研究の進展が期待されるものである。

以上、スペンサー本についてかいつまんで述べたが、その全容の解明と意義づけには個人の力量を越えるものがあることを痛感させられる。個人的には機会あるごとに閲覧し続けたいと思うが、文学・美術はもとより歴史・宗教・民俗・自然科学等々、各方面からの共同調査による総合的な研究が待ち望まれる。チェスタービーティ・ライブラリイの総合目録がようやく完成することにかんがみて、その思いが強い。

3

以下、個別に思いつくまま列挙していきたい。まずメトロポリタン美術館であるが、絵巻はかならずしも多くはない。とりわけ鎌倉期の『北野天神縁起』が著名であるが、これは九九年に閲覧し、昨年の天神展覧会でも出典されたので省略する。今回は『婚怪草紙絵巻』を見た。これについてはすでに別役恭子「婚怪草紙絵巻の諷刺に関する一考察」(「日本研究」八集・日文研、一九九三年)がある。幕末期の復古大和絵派を代表する浮田一蕙の作。絵巻の時代としては下がるが、前近代の絵巻史の掉尾を飾るにふさわしい逸品である。詞書はなく絵は五段にわけられ、その間に詞書を予定していたらしく、余白の紙が貼りつがれている。内容は荒れ果てた屋敷にいた狐達が貴族の姿に変化して婚礼の支度をし、宴に興ずるが、朝日の出現にあわてふためく、というもの。典型的な怪異変化の物語展開になっている。

別役論に指摘されるように、『春日権現験記絵』をはじめ、中世の絵巻の趣向をさまざまに取り入れており、結末の朝日は明らかに有名な『百鬼夜行絵巻』をふまえている。とりわけ興味深いのは、狐達が変化する際、池に入って藻草をまとう場面であり、以前お伽草子の演習で『木幡狐』を読んだ際、狐の前にあるのが藤か藻かで議論があり、藻であろうということで決着がついた（藤原雅子指摘）、まさにその証明になるような画面であった。色彩鮮明で、時代の前後にこだわらずひろく絵巻を見ていくべきことを再認識させる絵巻である。

ついで展示されているもので、室町期とおぼしい掛幅図の『聖徳太子伝』があった。以前、室町期の「仏伝図」をつぶさに検討させていただいたことがあり、太子伝と仏伝を対照させながら将来詳しく調査できる機会を待ちたいと思う。

次に訪れたのがバーク・コレクションである。メトロポリタン美術館から五番街を下がってほどない所にあり、知らなければ分からないビル内にある。一般のガイドブックにはまず出てこないが、絵巻や屛風をはじめ多くの美術コレクションで知られる。メトロポリタン美術館編『BRIDGE OF DREAMS』という詳細な図録も刊行されている。

今回、閲覧できたのは、絵巻の『熊野の本地』『猿の物語』『大職冠』、屛風絵の『武文屛風』であった。『猿の物語』以外はすでによく知られているものばかり。『猿の物語』は淡彩一軸で外題にそうあるものの、詞書はなく、絵の展開からみて、内容はお伽草子の『藤袋』であることが知られる。軽妙な筆致で、サントリー美術館本をはじめ他の伝本との比較検討が今後必要となろう。

『熊野の本地』も伝本が多いが、下巻が熊野の聖地の参詣案内図風になっており、参拝者の図像が『那智参詣曼陀羅』などと共通する。スペンサー本の絵巻とも類似する場面が多かった。

ついでクリスティーズのオークションにかかる『竹取物語絵巻』を見ることができた。三軸で、二軸は絵画のみ、もう一軸が詞書という特異な形態であった。近世中期頃とおぼしい。もとのテキストから絵と詞書とを分離させたのであろう。下絵が紙背にもみられるのも珍しい。『竹取物語絵巻』は、『竹取物語』の写本自体古い伝本がなく、絵巻も近世期のものしか知られない。東京大学国文研究室本をはじめ、数点が知られる。チェスタービーティ・ライブラリーにも二、三点あるが、クリスティーズ本はそれらとも異なる。細い竹に乗るかぐや姫発見の描き方をはじめ、類本を知らない。これも今後の検討を要するであろう。以上は渡辺雅子氏のご支援で閲覧がかなった。深謝申し上げる。

同じ『竹取物語』でいえば、イエール大学のバイネッキ・ライブラリーにも絵本があった。ここは十年以上前に国文学研究資料館の調査で二度訪れていた。九八年にも仏教文化をめぐる全米の学会がイエールであり、招待されて赴いた。大理石建築の独特の建物で、なつかしい図書館である。世界中のレアブック、貴重写本を収集しており、日本書は戦前の日本史の教授で初代図書館東アジア部長の朝河貫一が日本イエール協会から出費を受けて収集したコレクションがある。これとは別に一九〇七年、朝河教授自身が大学から依頼されて集めた資料もあり、同時にワシントン議会図書館にも納められている。後者は渡辺憲司氏を中心とする四年がかりのプロジェクトでつぶさに調査できた。二十世紀初頭の朝河収集本の全貌がようやく明らかになりつつあるところだ。イエールの朝河目録は「イエール大学蔵・日本文書コレクション目録」(「調査研究報告」十一号・国文学研究資料館)を参照されたい。ワシントン議会図書館の目録は近々、八木書店より刊行予定である。

日本イエール協会コレクションは写本が多く、鎌倉期写の『伝法許可作法次第』をはじめ、いくつか貴重なものがある。後者の朝河収集本はほとんど洋装のハードカバーに装幀が変えられていて、判別が容易である。このコレクションはバイネッキと東アジア部のあるスターリング・ライブラリーの双方に分置されていた。また、後者のスターリングには、洋装の装幀でない原装のままの写本も数点あり、別置されていた。『元徳二年後宇多曼陀羅供』『日吉山王利生記』など。『利生記』など結果として目録から漏れてしまっていたものもある。前者は近々、翻刻を出す予定で、ずっと宿題だったものである。

資料館の調査は二つの図書館に分離したかたちの朝河収集本を中心に行い、イエール協会本の方は充分見ることができなかった。九八年にこのコレクションをいくつかまとめて見たが、『酒呑童子絵巻』は興味深い文書がついていた。前掲「酒呑童子のふるさとを往く」で簡略に紹介したが、全文をあげておこう。

享和四年　壬戌年　九月六日写

我等此文をうつし居たりしに、

あいしれる人のこれを見よと

て出せしを見るに、此巻に入べ

きものなれば、すなわちここに
しるしおくものなり。
安永四　乙未　六月三井寺
霊鷲院権僧正
近衛殿ニテ御虫干拝見古書開帳有
之候。一覧之致候処、左之通記有之候
に付、願写。
渡辺内舎人綱　酒田靫負公時
碓井荒二郎貞光　ト部六郎李武
源朝臣頼光蒙　勅命近日丹州大江山
早討朝敵欲帰洛而已宣預執達候。
源頼公　平井保昌
□之　返ニテ御出、無程御通之条、
御用御澄宥ニ而不知当人立帰
御礼宜等旅人之有様願上通
山伏之装束免許
正暦三　庚寅　年三月二十二日出立

同二十六日退治
安永四未年、今凡七百八十七年也

酒呑童子退治を歴史上の事実として認知しようという作為にほかならない。近世期には酒呑童子物語は歴史故事になっていたというべきであろう（前掲徳田論参照）。

今回、『竹取物語』『伊勢物語』の絵本、絵巻の『雪月花』、掛幅の『天満宮神影』を見ることができた。『竹取物語』は列帖装の二帖、濃彩。『雪月花』は一軸。絵は住吉具慶、詞書は北村季吟とされる。『天満宮神影』は絹本、縦八三、横三七糎。天神道真の束帯姿の座像で憤怒の形相図。尺を持つ指先がそろっていないところに憤怒の様子がよく出ている。高麗端畳の座像の下段に松と梅があしらわれる。箱書表に「天満宮御影」、裏に「飛驒守巨勢惟久真蹟　住吉弘貫誌」。これ以外にも、近世初期の『柿本人麿影像』もある。

朝河収集本がイエールとワシントンとでどうふりわけられたのか、積年の謎であったが、後者には仏教書が比較的多く、前者には少ないという傾向の差がみられる。が、それだけかどうか、議会図書館の目録が完成してからじっくり見きわめてみたいと思う。当初は予想だにしなかったわけで、両図書館の朝河収集本をいずれもこの眼で観ることのできた幸運をつくづく思う。

4

九月末、インディアナ大学に講演に赴いた折り、インディアナポリス美術館で『猿の鹿かり』なる絵巻を見た。濃彩一軸で、その名の外題簽がある。十七世紀前半と思われる豪華本であった。いわゆる奈良絵風の物語絵巻に近い。擬人化された猿達が山で鹿狩りを行うさまを延々と描く。絵が二紙づつセットになって場面化される。最後は将軍か大名らしき者への献上に収斂していく。狩りへの諷刺であろうか、その制作意図はよくわからない。人間化した猿が執拗に鹿や猪や兎を追撃するさまが極彩色で描かれる。「猿の惑星」を思わず連想したくなるものだった。以前、千野香織さんも観に来られたとのことだったので、話を聞こうと思っていたのに、もうできなくなってしまったのが悔やまれる。

インディアナ大学のリリイ・ライブラリーは豆本のコレクションをはじめ、種々興味をひかれる図書館であったし、キンゼイ研究所はキンゼイレポートで知られる、性に関する文化研究所で、狩野元信とされる春画の絵巻があった（『袋法師絵巻』）。元信そのものかはわからないが、古雅なものだった。絵巻探索もついに春画にまで及ぶのかと思った次第。講演前の（しかも英語での）気ぜわしい時間帯での閲覧だったので、これもいずれ機会をあらためてうかがいたいと思う。

　本拠地のコロンビア大学では週一回、大学院のセミナーを担当したが、最終回はドナルド・キーンセンターと中世文化研究所共催のかたちで、公開講演会をかねた。「説話とメディア」と題して、『十二類絵巻』を中心に絵巻論を展開した。『鳥獣戯画』とあわせて異類動物の擬人化物語論も予定していたが、時間切れで絵巻中心に終わった。ビデオや実際の絵巻を使ってのワークショップの体裁となった。コロンビア大学のスター・ライブラリーには、十七世紀半頃の『浦島太郎』の絵巻一軸があることはよく知られている。これとは別に列帖装二帖の絵入り本もある。別に時代下った妖怪図巻二軸もあり、これらを使って講義した。実物を前にすると印象が鮮明になり、反響もおおきいことをあらためて実感。『浦島太郎絵巻』は以前に見ていたが、見直すとなかなかよいものであった。

コロンビア大学にて。ハルオ・シラネ氏、渡辺憲司氏と（2005年９月）。

　スター・ライブラリーには、このほか、元禄前後の写しの蹴鞠の口伝書がいくつかあり、本奥書は中世であった。これもいずれ丁寧に調査してみたいと思う。

　十二月の議会図書館調査は、目録作成のための最終段階で点検作業が中心だったが、懸案の貴重本閲覧がかなった。絵入り本『静』『しぐれ』『曾我物語』などである。『静』は中世末から近世初期の典型的な絵本、辻英子『在外日本絵巻の研究と資料』（笠間書院）に紹介される。『曾我物語』はまだ未紹介で、全二十五巻（一巻欠）二十四冊本。紺表紙横本、近世中期写である。これも今後の検討が待たれる。

さらにスミソニアンのフリア美術館で、絵入り本『鶴のさうし』を閲覧。紺表紙横本三冊。今回は図書館の調査だったので、絵巻は次の課題となる。

以上、駆け足でたどってみたが、ひたすら絵巻と絵本三昧に明け暮れたアメリカ滞在であった。シラネ教授のお世話でブロードウェイではじめてミュージカルも見たが（「フルモンティ」）、劇中劇の舞台から裏台裏への場面転換法がたくみで、絵巻にみる同一場面の角度を変えてとらえかえす画面転換方法を考えるのに実に示唆的であった。テロ事件に炭疽菌事件、アフガン侵攻等々、世界史的規模の激震にゆれ動いた年ゆえ、いっそう記憶深く刻み込まれた感がする。絵巻や絵本が世界との交流の懸け橋となることを祈念してやまない。

＊　コロンビア大学シラネ・ハルオ・鈴木登美教授ご夫妻、ハーシャル・ミラー君他大学院生、キーンセンター副所長のベッキ・レゲッテ女史他のスタッフの皆様、中世文化研究所長のバーバラ・ルーシュ名誉教授、ウオルシュ・ミホ副所長、青木健氏、図書館の三木身保子氏、メトロポリタン美術館の渡辺雅子氏、村瀬実恵子氏、スペンサー・コレクションのマーガレット氏、バーク・コレクションのグレイシャ・ウィリアムズ氏、イ

ンディアナ大学のスミエ・ジョーンズ教授及び大学院生、インディアナポリス美術館のジェームス・ロビンソン氏、ジョン・テラモト氏、イエール大学のエドワード・ケーメンズ教授、図書館の一瀬みつ子氏、学芸員の大木貞子氏、ニューヨーク大学のメラニー・トレーデ準教授、議会図書館の太田米司氏、フリア美術館の吉村玲子氏等々、お世話になった方々にこの場を借りて御礼申し上げる。

6 チェスタービーティー・ライブラリィ所蔵絵巻・絵本解題目録稿

1994年
国文学研究資料館
『調査研究報告』十五号

1　本稿はアイルランドの首都ダブリンの国立チェスタービーティー・ライブラリィに所蔵される日本文学関連の絵巻、絵本、版本類の解題目録であり、国文学研究資料館文献資料部が継続的に遂行している平成二〜四年度（一九九〇〜九二年）の海外学術調査（文部省科学研究費補助金）の成果にもとづく報告である。

2　チェスタービーティー・ライブラリィ所蔵の絵巻・絵本資料については、すでに一九六四年にアメリカのコロンビア大学のバーバラ・ルーシュ教授が発見されて以来（バーバラ・ルーシュ『もう一つの中世像』思文閣出版・一九九一年の序文参照）、一九七八年に第一回奈良絵本国際会議がチェスタービーティー・ライブラリィで開催、翌一九七九年に弘文荘から反町茂雄編『チェスタービーティー・ライブラリィ蔵・日本絵入本及絵本目録』が刊行され、内外にあまねく知られるようになった。

日本では一九八八年に東京のサントリー美術館をはじめ、神戸・福岡などで里帰り展覧会が開かれ、図録も公刊、テレビでも放映されて話題になった。また、奈良絵本国際会議の折りに撮影されたフィルムの一部（御伽草子など奈良絵本・絵巻類が中心）は国文学研究資料館に所蔵されている。さらにごく最近、秘蔵日本美術大観五『チェスタービーティー・ライブラリィ』（講談社、一九九三）も刊行された。

本稿は反町目録を前提にしつつ、チェスタービーティー・ライブラリィから特別の許可を頂いて全点（約二六〇点）を調査・撮影し、あらたな解題を試みたものである。反町目録に漏れていた五六点が新たに追加され、チェスタービーティー・ライブラリィ（CBJ）の全貌が明らかになったといえる。

3

本解題目録稿作成にいたった経緯について簡略にふれておくと、まず一九九〇年（平成二年）に海外学術調査が単年度認められた。前年度でアメリカのイェール大学の朝河文書・日本文書コレクションの調査が終わり、その報告書として「調査研究報告」一一号に仮目録を公刊した。その後、第四次調査として、まだ手が及んでいないヨーロッパの調査を試みることになった。折りしもその年、国文学研究資料館の外国客員教授として赴任されていたパリ大学のジャクリーヌ・ピジョー教授とパリ国立図書館の司書小杉恵子氏のご協力を仰ぐことになり、パリ国立図書館やギメ美術館を中心とするフランスにおける国文学関係の所在調査を行うことになった。また前年パリにおられた成蹊大学の浅見和彦教授にもメンバーに加わって頂き、種々の情報や教示を頂いた。

一九九〇年九月一日より七日まで、当時文献資料部長の長谷川強教授（一九九一年三月定年退官、現昭和女子大教授）と海外科研担当の第二室助教授の小峯和明の二名が予備調査の形でパリに赴いた。小杉氏のお世話で、国立図書館版画室所蔵のデューレ・コレクションや写本室の奈良絵本、キリシタン版を中心に資料の目録カードや版本のいくつかを調査させて頂いた。さらにギメ美術館の尾本圭子氏のご協力で、版本の目録カードを点検することもできたが、時間の制約で資料そのものを直接調査することはできなかった。この間の経緯や調査報告は長谷川強「パリ訪書行」（『国文学研究資料館館報』三六号、一九九一年）に詳しい。

しかしながら国立図書館の場合、一日に貸出できる冊数に制限があり、短期間に複数のメンバーで集中的に調査するためには困難な条件が多く、次年度以降の調査に不安を抱いていたところ、単身海外調査に赴いていた実践女子大学の佐藤悟助教授が調査補助者として我々に同行して下さり、パリに来る前に寄ったダブリンのチェスタービーティー・ライブラリィに関する耳寄りな情報を提供して下さった。それによれば、チェスタービーティー・ライブラリィの潮田淑子氏がかつての反町目録には不備があり、それを正した本格的な解題目録を出したいとのご意向があるとのことだった。そこですぐに我々の仕事としてチェスタービーティー・ライブラリィの調査と解題目録を担当させて頂きたい旨、パリからダブリンの潮田氏宛に書簡を送ったところ、東京に戻って秋も深まった頃、潮田氏から懇切なご返事を頂き、来年度からの調査の許可を頂くことができた。

翌一九九一年の年度末に急遽追加予算が出され、湾岸戦争の終結直後の三月一日から十日まで、パリとダブリンに赴いた。メンバーは小山弘志館長（一九九三年三月定年退官）、文献資料部第一室長の新藤協三教授、第三室長の岡雅彦教授、第二室の樹下文隆助手に小峯和明の五名。パリでは国立東洋言語文化研究院のジャック・オリガス教授の招待を受け、スタッフと会見し、学術上の交流や情報交換をはかることができた。オリガス教授はその年の後期、国文学研究資料館の客員教授として来日された。

またベルナール・フランク教授の紹介で、ギメ美術館の絵巻類を閲覧することができた。パリの国立高等研究院に招聘されていた大正大学の山田昭全教授にも調査補助者として同行して頂いた。三月六・七日のわずか二日間だったが、ダブリンに渡り、潮田氏とも始めてお会いし、チェスタービーティー・ライブラリィで念願の絵巻や絵入り本の数々を調査することができた。

一九九一年度（平成三年）より二年間の予算が認められ、本格的な調査が可能となり、九月二十三日から十月九日まで赴いた。殊にフランスの調査地域を拡張しようという案も出て、ダブリンやパリに加えてリヨンにも赴いた。メンバーは絵巻や絵本の調査と撮影が中心になるため、それぞれの専門である実践女子大学の宮次男教授と佐藤悟助教授に同行して頂き、文献資料部も若手を中心に編成され、第一室の山崎誠助教授、深沢眞二助手（一九九三年、和光大学に転任）、第二室長の小峯和明、樹下文隆助手、第三室の竹下義人助手（一九九二年、日本大学に転任）の総勢七名。チェスタービーティー・ライブラリィの調査は九月二十五日より十月二日まで、所蔵資料のおよそ半数の百点を調査・撮影することができた。すでに国文学研究資料館にモノクロのフィルムがあるものは、絵のみカラーで撮影した。

ついで十月四日、パリからリヨンへ向かい、六日まで印刷銀行博物館、市立図書館、市立美術館等々を訪れた。印刷博物館では嵯峨本（復刻版か）の『伊勢物語』や朝鮮銅活字版、魚貝図絵本の版木とその版本等々を見ることができたが、専門の学芸員がいないため、コレクションの有無や伝来の経緯など詳細は不明なままに終わった。パリでは在外研究員として在仏中の早稲田大学の佐々木雅発教授のお世話になり、オリガス教授のお招きで、東洋言語文化研究院で再び研究者や学生と会見し、海外における日本文学研究の実情や国文学資料の所在をめぐって、重要な意見交換ができた（在仏中の作家の津島祐子氏も同席された）。

翌年一九九二年（平成四年）九月二十日より十月六日まで派遣。チェスタービーティー・ライブラリィは九月二十二日より三十日まで。メンバーは前年度に同じ宮次男教授をはじめ、山崎誠・深沢真二・小峯和明に加え、文献資料部長の松野陽一教授、第三室の鈴木淳助教授の六名で調査と撮影を続行。予定通りほぼ全点の撮影を終えたが、反町目録に漏れていた資料が数十点あることがわかり、急遽これも調査撮影した。版本の彩色のない

パリ・INALCOにて（2010年9月）。

ものはモノクロで、ほかの絵巻・絵本類はほとんどカラーで撮影した。

パリに戻り、十月一日より三日まで北仏のリールに赴く。東洋言語文化研究院のパスカル・グリオレ助教授に同行して頂き、市立図書館のレオン・ド・ロニーのコレクションやジョセフ・デュボア氏の蔵書資料を調査する。リール図書館関係の調査は平成五年度（一九九三）以降も続行する予定である。

また、研修中の武蔵大学の古橋信孝教授も全日程、我々と同行された。

一九九三年（平成五年）にな

って再び追加予算がつき、二月二十四日から三月五日まで派遣。退官直前の小山弘志館長、松岡憲雄庶務課長、松野陽一部長、新藤協三・岡雅彦教授に、第三室の辻本裕成助手、小峯和明の計七名。チェスタービーティー・ライブラリィは二月二十五日より二十七日まで、前年までに撮影済の不備な資料の再撮影や調査の補充を行い、さらに新出資料についても調査・撮影した。

その後、パリとロンドンの二手に分かれ、一方はパリ国立図書館やギメ美術館の調査、一方はケンブリッジ大学のピーター・コルニッキ助教授と会見し、彼を中心に進められている「欧州所在国文学書総目録」に関する情報交換を行い、さらに大英図書館司書のユーイン・ブラウン氏のお世話で、大英図書館や大英博物館の奈良絵本を中心にした調査をそれぞれ行い、再びパリで全員集結、東洋言語文化研究院で我々の研究テーマについての報告や意見交換会が開かれた。

4

以上の経緯により、チェスタービーティー・ライブラリィのほぼ全点の調査と撮影を終了し、文献資料部のスタッフが文字通り一丸となって本報告をまとめた。調査に赴いた全員の専攻に応じて分担を決め、解題の執筆を担当した。文献資料部のスタッフ全員の分担による成果は今回がはじめてである。分担のおよそは以下の通り。

岡　雅彦＝絵入り版本

樹下文隆＝芸能・祭礼

小峯和明＝物語・説話・図巻
新藤協三＝歌仙
鈴木　淳＝絵入り版本
竹下義人＝絵入り版本
辻本裕成＝源氏物語
深沢眞二＝和漢関係
松野陽一＝王朝物・百人一首
山崎　誠＝軍記・御伽草子・仏典

また、二年間調査に同行して頂いた宮次男教授には絵巻を中心としたチェスタービーティー・ライブラリィの特色について解説を執筆して頂いた。改めて御礼申し上げる。

5　本報告はひとえにチェスタービーティー・ライブラリィの潮田淑子氏の献身的な御協力によるものである。いずれ本報告をもとにした潮田氏による英文の解題もあわせて、本格的な解題目録を刊行したいと考えている。潮田氏にはお忙しいなか、チェスタービーティー・ライブラリィの概要について解題をお寄せ頂いた。潮田氏をはじめ、お世話になったチェスタービーティー・ライブラリィの司書ジャン・チャップマン氏や館員の皆様に篤く御礼申し上げる。

6　本解題作成にあたって、サントリー美術館の榊原悟氏、東京国立博物館の安達直哉氏、

チェスタービーティー・ライブラリーにて（2008年３月20日）。

早稲田大学演劇博物館他、多くの方々から御教示を頂いた。また、関連資料の閲覧他、便宜をはかって頂いた各文庫・図書館各位にも御礼申し上げる。

さらに、チェスタービーティー資料の最初の発見者であるバーバラ・ルーシュ教授が一九九三年度に当館の客員教授として赴任され、種々御助言頂いたことも奇しき因縁を感じさせることであった。

何分にも限られた時間での調査と解題執筆のため、多くの脱漏や錯誤があるかと思われる。いろいろ御批正頂ければ幸いである。

7　参考文献

『チェスタービーティー・ライブラリィ蔵・日本絵入り本及び絵本目録』反町茂雄・弘文荘・一九七九年
『在外奈良絵本』角川書店・一九八一年
『サントリー美術館図録』一九八八年
『チェスタービーティ・ライブラリィ』秘蔵日本美術大観・講談社・一九九三年
『TALES OF JAPAN』
YOSHIKO USHIODA（潮田淑子）THREE CE-NTURIES OF JAPANE-SE PAINTING FROM THE CHESTER BEA-TTY LIBRARY DUBLIN 一九九二年

ハイデルベルグ大学・絵巻セミナー（2012年10月）。

パリ国立図書館、くずし字セミナー（2010年９月)。

III

アジアを往く

敦煌、楡林窟（2012年８月）。

1　台北の民間劇場

1986年
『日本文学』五月号

昨秋、勤務先の仕事で三週間ほど台湾に滞在した。台北市内の台湾大学所蔵の国文学関係資料の文献調査が主な仕事であったが、ちょうど中秋節・教師節・国慶節など祭の時期に重なり、種々の行事を見学できたのは幸いであった。

特に中秋節にちなんで九月二十六日から五日間、台北市南部の青年公園で催された「民間劇場」が印象に残っている。公園内に特設された大小の舞台で連日連夜、各地から集まった民間の人々によって様々な土俗の芸能がくりひろげられる。観客もまた老若男女思い思いに芝にしゃがんだり、あるいは突っ立ったまま好き勝手に見物する、まさしく「芝居」そのものの光景であった。

私が見たのは高雄の傀儡とこれも台湾南部の台東から来た少数民族の山地人の歌舞である。前者は小舞台で操り師が一人で巧妙に人形を操作し、それにあわせて脇で楽師二人が太鼓・哨吶・鐘を鳴らし、かけあいを演ずるもの。これは中国の唐代以前から続くいわゆる懸糸傀儡であり、日本にはすでに平安朝に伝来していたことが知られている（西洋のマリオネットにも類同）。民間劇場を特集した雑誌「民俗曲芸」（37期　民国74年9月）によれば、この高雄の錦飛鳳傀儡戯団は「小班制的大戯」と銘うたれ、メンバーは四人、団主の操り師薛忠信氏の本業は魚屋という。彼の父は布袋戯（指人形）をもよくしたが、忠信氏は傀儡のみを継承したらしい。主に新居落成や結婚式など「喜慶宴会」の席で演じられ、「吉慶吉祥」の性格をもつという。多くの芸能が寿祝性をおびていることに通じ、今日もその役割や意義が基本的に変っていないことを示している。

一人で操るため、人形一体もしくは二体による対話劇が仕組まれる。一体の場合でも操り師と楽師との間で軽妙にかけあいが行なわれ、合い間の音楽はかなり騒々しく、がなりたてるという感が強い。中国語に精通していないので、残念ながら劇の内容はほとんど理解できなかったが、かけあいの妙や機微、雰囲気だけは実感することができたように思う。黒装束の閻魔大王とおぼしき人形の一人芝居には、おのずと冥途と娑婆世界との通交、往還の物語が仕掛けられていたに相違ない、と己れの語学力のなさを空想力で固塗してみたりもする。とりわけ私も含めて観客の目を釘づけにしたのは、ピンクの衣装の娘の人形が演ずる曲芸であった。赤い毬を投げあげては足で受けとめたり、自由自在に毬をあやつる様は実にみごとで、それが操られた人形であることを忘れさせるほど、軽業師さながらの激しくしなやかで軽快な動きを見せていた。しつようにくり返される鳴り物の激しいリズムのうねりにのって、ひたすら舞い狂う人形、見る者の眼はその動きに吸いよせられ、現実の時空を越えて一種の〝妖し〟の空間、没我の境にひきこまれていく。生身の人間が演ずる以上に発揮される人形の表現力、無機的な人形がもつ不可思議な存在感や魔力にゆさぶられた思いがする。

院政期の著名な大江匡房の『傀儡子記』にいう「或は木人を舞はせて桃梗を闘はす。生ける人の態を能くすること、殆に魚竜曼蜒の戯に近し」の一節が思い合わされ、それはさらに「沙石を変じて金銭と為し、草木を化して鳥獣と為」す幻術を伴なったという。後者は今日の手品（マジック）に相当するのだろうが、それ以上に人形自体のもつ妖しさ、「傀儡」という芸のもつ幻妖性に改めて思い至ったわけである。

もう一方の山地人の歌舞はさらに衝撃的であった。一見して民族の固有性を示すあさ黒く小柄でがっしりした体型の人々が頭に草花をかざし、色彩鮮やかな衣装をまとい、結婚式の歌舞や狩猟の儀式を演じてみせた。花嫁を中心に男達が女を背負ってねり歩いたり、男女が集団で手をとりあって円陣を組んで歌い踊ったり、狩猟に際して男達が弓矢を携えて奇声を発したり、様々な祭の所作がくりひろげられ、またもや全身が眼になる思いであった。それはまぎれもなく台湾ばかりか、かつての日本も含めた環太平洋の島々の、文化の古層の顕現としてあったのではないか。日本が近代化の過程で見失ない、置きざりにし、破壊喪失してきたものの象徴もしくは亡霊をまのあたりにしたような錯覚にとらわれた。

特に際立ったのは宴に集い、群舞する人々の野太い声であり、あたかも彼等の生活する山間の大地から湧きたつように響いてきた。台湾に出かける前に、西郷信綱『古代の声』を興

台北の青年公園にて。

味深く読んだが、その書名の喚起するものがこの民間劇場で像を結んだような気がする。語り物や絵解きの研究が関心を集めているのも、やはり共同体の崩壊に伴なう〈声〉の喪失と復権に関連があるのだろう。いうならば、山地人の歌舞は失なわれた歌垣の「古代の声」のごとく響いてきたのである。それは今も遠く「海上の道」から鳴り響く一つの啓示であった。

また開演前に写真撮影を申しこむと、初老とはいえ、みるからに精悍な風貌の人が流暢な日本語で応対してきたのにも驚かされた。戦争中は日本の警察の仕事に携わっていたそうで、一度は日本に行きたいと語っていたことばも耳に残っている。大学の図書館に置きざりにされた帝大時代のおびただしい蔵書の山と重ねあわせて、何かしら名状しがたい思いにとらえられたが、この民間劇場は日本と同じく異文化の吹きだまりをよぎなくされる、東アジア圏の島国の伝統と宿命を実感させるに充分であった。

滞在中、これも在外研究員として長期滞留中の慶応大の金文京氏にお世話になり、しばしば歓談する機会に恵まれた。帰国の前日、金氏と陽明山散策に向う途中、孔子廟と近くの道教寺院（道観）に詣でた。道観では道士が信者に祈禱している場面に遭遇。信者一族はどうやら孫娘の利益安穏を祈願していたらしいが、めいめいポエという半月型の占具を二つ手にして祈りながら床に投げる。それを見た道士が呪符を読み、呪文を唱えて占い、鐘を鳴らす。人によっては何回もポエを投げ直させている。窪徳忠『道教の神々』によれば、ポエの一面は陽、片面が陰で二箇が陰陽の組み合せにならないと願いがかなわないという。そうした信者の祈りは台北南郊の一大道観指南宮でも、市内の古刹龍山寺でも見うけられたが、実際に道士が占う姿ははじめて目にしただけに印象深いものがあった。龍山寺はまさに門前市をなす仏教寺院で、完全に道教と習合した道・仏混交の様相を呈し、信者の参詣がひきもきらない。境内の石段にしゃがみこんで一心に『法華経』を唱える老婆の姿が、今もけざやかに視界を離れない。

そうした信仰の世界もまた草深い民間劇場につぐ、もう一つの聖なる民間劇場であり、さらにいえば、三週間かいま見た台北の光景のすべてが〈劇場〉そのものであったように思われてならない。

2

柳絮《りゅうじょ》舞ふ街で
――北京の七十九日

1999年

『立教大学日文ニュース』四号

一九九九年春、三ヶ月近く、国際交流基金の招聘で北京日本学研究センターに派遣され、日本文学を専攻する大学院生に中世の説話について講じてきた。日本学センターは北京外国語大学に設置され、日文では古くは前田愛氏が、近くは沖森卓也氏が赴任している（新年度は藤井淑禎氏も予定）。半期交代で日本から文学や語学、歴史、宗教、民俗他の研究者が派遣され、授業を担当するシステムである。中国側の専任スタッフもいる。正式には半期間であるが、立教の規定で三ヶ月未満に制限されるため、大学院入試の終わった二月末日に出かけ、五月の中旬に戻ってきた。教務委員長の実務や入試業務、新古典の注釈などでへとへとになって北京にたどりつき、翌日の三月一日から後期の春学期が開講、時間割の関係で初日から早速講義がはじまり、授業の規定の回数はこなさなくてはならないため、毎週のように補講があり、天候も悪く、乾燥して寒かったせいもあり、すっかり体調をくずしてしまい、早々にホテルの医者の世話になった。昨年、立教で学位をとって北京に戻り、日本学センターでも講師をしている王成氏が面倒をみてくれたので助かった。彼はセンターの一期生であ

北京日本学研究センターにて。張龍妹さんたちと。

る。

北京は天安門事件以来、あまり行きたくない都市の一つであり、事前の下調べも気乗りしなかったが、実際来てみると大気汚染がひどく、おまけに秋の建国五十周年をひかえてビルの建設ラッシュで、どこへ行っても工事中、デパートやスーパーは日本と変わらないほど物があふれていた。春節後のはなやいだ雰囲気は何となく残っていたが、暗くどんよりしていて、当初はいい印象を持てなかった。しかし、そもそも院生は一年次の五人しかおらず（最上級は三月に卒業、二年次は日本へ留学）、全国から選ばれてくるだけあって、優秀かつ勉強熱心で、性格も明るく、すぐにうち解けて、授業も楽しくなった。講義の後も、食事しながら日中の鬼や妖怪の違いなど説話談議に花が咲いた。

日本文学コースの専任には、やはりセンターの卒業生で、東大で学位をとった張龍妹という若手のすぐれた『源氏物語』の研究者がおり、彼女を中心にOBも集まり、『百人一首』の研究会が組織され、さらには中国版『日本古典文学事典』の編集も進められていた。王成氏を中心に近代文学の研究会もはじまり、他の専攻にくらべてかなり充実していた。帰国をまじかにひかえた五月半ば、この『百人一首』研究会は私の送別会をかねて、北京郊外の古刹、戒台寺の宿坊で合宿を行った。一首づつ輪読し、和歌を七言絶句に翻訳したり、中国語で注釈をつけたり、きわめてレベルの高い報告が多く、これもいずれは出版する計画であるという。深更に及んだ宴会では、近代文学の島村輝氏によるギターの弾き語りをはじめ、皆でいろいろな歌を延々とうたった。ことに中国語で沖縄の歌「花」をうたった声の響きが今も耳に残っている。ホテルの宿舎でも宴会をやった。

三月末には院生の馬場・鵜沢さんたちが来たり、家族が来たりであわただしく、四月になると陽気もすっかり暖かくなり、迎春花や桃、白木蓮など一斉に花が咲きそろい、新緑の柳の芽吹きも美しく、生活に慣れたせいもあって、活動的になった。前任で旧友の渡辺秀夫相伝の自転車を乗り回し、買い物や寺巡りをした。他のスタッフにくらべて滞在期間が短いというあせりも手伝って、授業や仕事の間をぬってあちこち出かけた。院生や龍妹さんと慕田峪長城や紅螺寺に登り、皆がへきえきするほど歩き回った。思いのほか、唐や遼代以来の古刹が周辺に多く残っていて、格別古いものが残存するわけではないが、好んで寺巡りをした。道教の道観はもとよりラマ教、イスラム教などの寺院もある。天安門脇の人民文化宮での古書市をはじめ、土日だけ開く骨董市などにも出かけ、古書店で本を買いあさった。

また、同じスタッフの末木文美士氏の手引きで北京図書館で日本の和古書を閲覧したり、沖森氏の紹介による北京大学の潘鈞氏のお世話で北京大学図書館でも和本を閲覧することができた。目録類は充実しつつあるが、まだまだ知られざる写本や版本が埋もれていることが予想される。ことに北京図書館の蔵書は中国の古書とまじっているため、カード検索だけでは判別しにくい。今後さらに本格的な調査におもむきたいと考えている。

五月のメーデー前後は休みで、スタッフ一同、四日間の旅行に出かけた。山東省の泰山や曲阜など、済南めぐりが中心だった。前々からの宿願だった泰山登山がようやくかなった。残念ながらロープウエイで一気に昇ってしまい、下から長い階段を登ることはできなかったが、始皇帝以来の信仰を集めてきただけの重みを実感することができた。ちょうど北京に行ってまもなく、私が注釈をつけた新古典大系の『今昔物語集』震旦部が刊行され、教材にも使ったが、冥界たる泰山の説話がいろいろ出てくる。泰山の信仰や伝承をあらたに見直すい い機会になった。泰山参詣と新古典の注釈が後先になったのが悔やまれる。

張龍妹さんと『今昔物語集』の中国語訳を出そうという話も出てきた。日本の古典でまともな翻訳があるのは『源氏物語』くらいであろう。翻訳が出れば関心が集まり、研究も進むはずだ。北京大学でも講演してきたが、原文での読解は難しそうであった。

済南では、中国文学を専攻するかつての教え子が山東大学に留学中で、数年ぶりに再会した。不思議な縁を思う。

こうして、矢のように北京滞在の日々は過ぎていった。しかし、まだ説きおこせばいくらでも書けるほど印象は鮮烈である。ツアーの旅行などでは決してみえない世界をかいまみることができた。多くの人たちと出会い、そして別れてきた。

四月中旬、ホテルの部屋でふっと仕事の手を休めて窓をみやると、白い綿すげのようなものがまるで雪が降りしきるようにおびただしく舞っていた。思わず息をのんだ。これが有名な柳絮《りゅうじょ》かと納得、しばし呆然とながめていた。時間がとまったような気がした。絵画の額緑のごとく窓の枠内に外部の木々や建物の風景が平面のように固定化し、そのなかを無数の白い柳絮だけが音もなく降りかかい、舞い踊っていた。静謐で幻想的な忘れがたい光景である。その時、はじめて北京は愛すべき街に変貌したのかもしれない。

編集後記

▽第四号をお届けする。このような小冊子であっても、なかなか原稿が集まらず、職務繁多で編集作業も思うようにまかせず、大幅に遅延してしまった。関係者や早々に原稿をお送りいただいた方にお詫び申し上げる。

▽二十一世紀をひかえて立教大学もおおきく変貌しつつある。長年慣れ親しんできた十二号館がついに撤去された。かつての一般教育部は名実ともに姿を消した感を深くする。十二号館の研究室は、立教の奥の院というほかないミッチェル館に移った（日文では加藤定彦・横山紘一両先生）。

建物がいっさい、きれいさっぱりなくなった後には広い敷地だけが残った。タッカーホール側からセントポールズ会館の方まで見通せるのだから、これはかつてない光景である。ここにはあらたに研究棟が建設される予定である。すでに立教通りの反対側に新設の中学校・高校が来年度開校の手はずで、新座・池袋とに併設させて中高一貫教育を推進しようという構想である。また、タッカーホールの南側と九号館の間にも新棟が建設中で、例の赤煉瓦の外装工事もかいまみえるようになってきた。これが完成すると、いよいよ六号館は文学部専用の研究棟となるはずである。まだ数年先の話ではあるが。

この十二号館解体にともない、思いがけないものが地下からでてきた。タイムカプセルである。すでにマスコミにもとりあげられたので、ご存じの方も多いと思うが、築地時代にさかのぼるもので、立教史はもとよりタイムカプセルの歴史からみてもきわめて注目される。中には当時の中学生の成績や作文などが入っており、ちょうど企画されていた聖書展にあわせて展示された。日清戦争の時局の高揚を思わせる新聞も入っており、文字通り歴史がよみがえり、地底からたちあがってくるのを感じさせた。十九世紀末期から二十世紀末に贈られたプレゼント、といえよう。

▽　カリキュラムもさまざまに変わりつつあり、今年度から三年次生の卒業論文予備演習がはじまった。就職難などから毎年卒論を書く学生が減ってきており、最近では半数を割っている状態である。学科では必修化の検討まではじめているほどで、卒論予備演習は新カリキュラムの早期専門教育の目玉である。日文には勉学意欲の高い学生が多いので、初心を忘れず、最後まで取り組んでもらいたいものである。

▽　カリキュラムの改定に関して付言すれば、長年新座キャンパスで展開してきた学部一日利用（一般教育・全カリ）の形態が今年度で終了する見通しとなった。新座の新学部が完成

年度に達するためで、一日利用に積極的にかかわってきた日文も、基礎講読や基礎研究の科目が廃止され、すべて池袋一年次の基礎演習に改訂される（半期づつ古典と近代を履修）。

▽　近年とみに海外との交流がさかんで、日文にも多くの留学生が来るようになった。この日文ニュースにもしばしば寄稿してもらっている通りである。しかし、大学の受け入れ制度は必ずしも十全に整備されているとはいえないようだ。ことに研究生の制度がないため、アジア系の学生が立教の大学院を志望しても受験までの予備期間の受け皿がなく、来日しにくいという不都合が生じている。そういう切実な問題も含めて国際学術交流や共同研究を円滑かつ活発に行おうという趣旨のもとに、渡辺憲司学部長の強力な推進により、日文と日本史の教員が中心となって「日本学研究所」の設立が企画され、新年度から正式に発足することになった。しばらくは試行錯誤が続くであろうが、立教の日文を世界に開かれた窓とする試みとして、いろいろご支援いただければ幸いである。

▽　文学部独自の授業である集中合同講義で、秋休みの五日間、三十人近くの学生たちと沖縄に行って来た。日文の学生も何人か参加した。従来、清里や八王子や池袋で行ってきたが、今回はじめてフィルドワークを中心とする企画が組まれ、綿密な事前学習を何回もかさねて実施された。「沖縄の声を聞く」というテーマのもと、とにかく現地でいろんな人にあって話を聞こうという趣旨で、ひめゆり部隊の生存者、米軍基地のアメリカンスクール、高校の民俗芸能サークル等々、あちこち見学してさまざまな人たちから話を聞くことができ

北京・張龍妹、李銘敬氏と（2008年10月）。

た。大学の教室だけでは得られない体験ができ、非常に新鮮だった。琉球文学は日本文学とどうかかわるか、次第におおきい問題になってきているのを再認識させられた。

▽琉球王国の往事をしのばせる首里城には龍の図像や文様が多い。龍といえば、中国もまた龍が好きである。故宮にもたくさんあることはよく知られている。北京で柳絮の舞う頃、たまたま夕刻に自転車で宿舎を出た刹那、雷鳴がとどろき、北の空に電光が走った。瞬時、上から下まで稲妻の全容が視界に入った。日本では見たこともない巨大な閃光だった。ま

さに龍だ、北の天空を駆ける龍にちがいないと思うや、体の中を衝撃が閃光のようにつらぬくのを感じた。南方熊楠の『十二支考』も相乗して、龍もまた巨大なテーマとなりつつある。日本学研究センターには龍の妹までいるのであった。来年二千年は辰年でもある。

▽佐藤・楠元両先生に寄稿して頂いたが、白石悌三先生が七月に亡くなられた。慎んで御冥福をお祈りする。

▽本年度三月で守屋省吾先生が御停年で退職される。長年の御指導に深く感謝申し上げる。

（K・K）

3　戒台寺の一夜

1999年

北京日本学研究センター
『センター通信』六十六号

勤務先の事情でわずか二ヶ月半しか滞在できず、後ろ髪を引かれつつ北京を去りました。センターでは院生五人しかいなかったのに、立教の講義では学生が三百人もいて目がくらみました。身体は日本に来ても、魂はまだ北京にとどまっているような日が続いています。在任中は張龍妹さんをはじめまわりからあきれられるほど、あちこち出歩きました。寺めぐりが中心でしたが、なかでも郊外の古刹、戒台寺での合宿は落ち着いた雰囲気で印象深いものでした。百人一首の中国版の刊行を目指している古典文学研究会のメンバーで、和歌を漢詩の絶句に翻訳したり、注釈を加えたり、様々な読みが展開され、実に刺激的でした。島村先生の弾き語りで深夜延々と歌に興じましたが、みんなで中国語で歌った沖縄の歌「花」が今も耳に響いています。鬼や霊魂、泰山信仰の共同研究、『今昔物語集』の中国語訳、北京に渡った日本の和古書の調査、北京と琉球の関係等々、今回の派遣でたくさんの宿題をいただきました。これらの課題追究が続く限りセンターとの縁を切ることは出来ません。お世話になったセンターの方々や派遣の先生方、院生諸君に深く感謝しますとともに、センターのますますの発展を願ってやみません。

4　台北・北京における和古書及び絵画資料についての覚え書き

2001年

国際日本文化研究センター
『中国に伝存の日本関係典籍と文化財』

1　台湾大学所蔵の和古書をめぐって

国文学研究資料館文献資料部に在任中、文部省科学研究費（海外学術研究）によって、一九八五年に台湾大学の資料調査に赴いた。当時の文献資料部長の福田秀一教授を中心とし、旧台北帝大の国語国文研究室の和古書の悉皆調査を行った。調査は八四年からはじまり、私は八五年の秋に三週間ほど滞在した。国語国文研究室旧蔵本の調査はすでに鳥居フミ子・金子和正・須田悦生各氏によって試みられており、それらの後追い調査のかたちになったが、仮目録を作成、科研費の報告書として「台湾大学研究図書館所蔵・旧台北帝大文政学部国語国文研究室本仮目録」を出した。台湾大学側との折衝が不調に終わり、「仮目録」を公開することはできなかった。この目録がいつの日か日の目を見ることがあればと願っている。

旧国語国文研究室の和古書は損傷がいちじるしく、白衣にマスクをかけて書誌調査を行ったほどで、水をかぶったためか紙がくっついてはがれないものも多く、虫損のはなはだしいものは我々の間で「畳鰯本」などと呼んでいた。しかし、近世文学を中心にきわめて質の高いコレクションであり、写本の揃いの『岷江入楚』、『和漢朗詠集私注』、『徒然草』、絵巻の『田村麻呂』、版本『伊曽保物語』などが個人的には印象に残っている。また、調査の余裕はなかったが、戦前の活字本もそのまま所蔵されており、きわめて資料価値が高いと思われる。

滞在中、たまたま滞留中の金文京氏（京大人文研、当時は慶応大）のお世話で国立中央図書館にも赴き、版本『三国伝記』や刊本『白氏文集』などを閲覧させていただいた。台湾大本にくらべて保存のよかったことが印象に残っている。

なお、近年、国文学研究資料館で再び旧植民地所蔵資料の調査が行われているようで、いずれ総合的な資料の様相が掌握できるようになるであろう。

2　台湾故宮博物院の和古書をめぐって

二〇〇〇年春に、八五年の折りには機会がなかった台湾故宮博物院図書館に赴き、和古書を閲覧させていただいた。楊守敬旧蔵で名高い資料群である。予約なしでいきなり行ってすぐ閲覧できるシステムは本当にありがたいものだった。ここはかつて慶応大学斯道文庫の阿部隆一氏を中心に調査が実施され(『中国訪書志』汲古書院、後に著作集)、それをもとに目録も出されているが、索引がないので検索がやや不便である。

ここでは室町期写本『歌行詩』と近世期写の『冥報記』を閲覧。前者は今テーマとしている中世の未来記の代表作『野馬台詩』の最も流布した注釈書である。書名の由来は『長恨歌』『琵琶行』『野馬台詩』がセットになっており、それぞれの末尾一字を合わせたことによる。この三作品がなぜ合体されたのか、詳細は不明だが、前二作は有名な白楽天の代表作で、『野馬台詩』のみ六朝時代の宝誌和尚の作とされる。奈良時代の遣唐使で有名な吉備真備がこれを解読し、日本に持ち帰る話が『吉備大臣入唐絵巻』などにみえる。

本書の書誌の概要は以下の通り。室町期写本一冊。外題・長恨歌　琵琶行　野馬台。表紙・無文素紙。料紙・楮紙。十八丁。縦二十六・八、横十九・二㎝。楊守敬の印あり。裏打ち補修あり。一冊の三分の一はコピーしてよいとのことで、『野馬台詩』の部分だけコピーさせていただいた。斯道文庫にもマイクロフイルムがあるが鮮明ではない。

『野馬台詩』とは五言二十四句の短い詩であるが、それにさまざまな注釈が書き加えられており、詩句に続いてつけられた本文注と欄外に加筆された欄外注の二層からなる。日本の未来、終末を予見したテキストとされ、天皇百代で日本が滅びる百王思想の典拠ともされる。詩句の表現が注釈によってまざまざと日本の歴史をよみがえらせる興味深いテキストである(拙稿「野馬台詩の言語宇宙」『思想』一九九三年七月)。

残念ながら故宮本は欄外の注釈の書き入れが多くはないが、それでも小野篁が竹から生まれた話をはじめ、ヲノゴロ島・秋津島・敷島・扶桑など日本の七種の異名等々、いくつか注目すべき注釈がみられる（これらの注も諸本によって差異がある）。貴重な写本である。

また、後者の『冥報記』は、唐の唐臨の撰になる仏教説話集で、冥途蘇生譚や仏経の霊験譚を中心に構成される。すでに『日本霊異記』に名がみえ、『今昔物語集』の典拠としても知られる。中国では逸書となり、『法苑珠林』や『太平広記』などに逸文がみられる。一方、日本では古鈔本が複数伝存し、承和五年（八三八）、唐人書写本を霊厳寺の円行が将来した高山寺本（巻子三巻）、長治二年（一一〇五）写の前田家尊経閣文庫本（三巻一帖）、十三世紀写とされる知恩院本などがある。三本ともに説話の出入りがあり、知恩院本が最も話数が少なく、前田家本が最も多い。前田家本は別系統と考えられる。前二本はいずれも尊経閣叢刊などの複製があったが、近時、高山寺本は『高山寺資料叢書』（東大出版会）に所収され、前田家本は勉誠社版の影印本があたらしく出た。知恩院本はすでに『学苑』（昭和女子大・一九九三年）に翻刻されている（但し、書誌の詳細は不明）。また、集中的に『冥報記』を利用し翻訳した『今昔物語集』は、前田家本系の誤写や脱文に共通し、前田家本に最も近い本文によることは明白である（拙著『今昔物語集の形成と構造』笠間書院、一九八五年）。

故宮本は近世末期写本。識語から三縁山本の影写本で寛永寺で写されたものであることが知られる。書誌は前記阿部著書に詳しいので省略する。三縁山とは芝の増上寺のこと。増上寺の鵜飼徹定寮の蔵本をさす。楊守敬『日本訪書志』には、「三縁山寺保元間写本」とされる。鵜飼徹定は後に知恩院に移るから知恩院本はこの三縁山本であろうとされる。この推定は阿部著書以来の定説となっている。しかし、翻刻された知恩院本と故宮本を対校すると、訓点の有無など若干の相違がある。たとえば故宮本では、中巻第十一条の冒頭の人物「中書令岑文本」に「誦観音品得死報」という傍注がつき、中巻第八条の末尾の割注の最後に「誦観音品鎖忽自解」とあるのに対して、知恩院本の翻刻にはみられない。

中国でも高山寺本などをもとに復元研究が進んでいるが（古小説叢刊『冥報記　広異記』中華書局、李剣国『唐五代志怪伝奇叙録』南開大学出版社）、前田家本や故宮本など諸本への目配りがまだ充分ではなく、近年ようやく研究が動き出している段階である（李銘敬「『冥報記』的古抄本与伝承」『文献季刊』二〇〇〇年七月三期）。

知恩院本の紹介が不十分であるため、故宮本との関連を完全に立証するに至らないが、故宮本が知恩院本の転写本であることはほぼ確実であろう。まだ充分検討する余裕がないが、故宮本の詳細な紹介をいずれ試みたいと考えている。

『冥報記』は唐代に成立して日本に影響を及ぼし、しかも平安期の写本が伝存する貴重な作品であり、思想的にも仏教と道教の習合した泰山の冥途世界がうかがえるなど興味はつきない。今後の日中共同研究の足がかりを担うテキストのひとつといえよう。

3　北京所在の和古書をめぐって

一九九九年春、北京日本学研究センターに出講した折り、北京国家図書館及び北京大学図書館所蔵の和古書を閲覧する機会に恵まれた。前者は貴重書室で閲覧したが、目録もなく、中国刊本と混在しているため、カード検索に頼るほかなかったし、出納に時間がかかり、きわめて効率がよくなかった。しかし、漢籍にまぎれて日本の写本がいくつかあるのを見ることができた。今その折りのメモを紛失してしまい、詳しい情報が記憶にないが、『黄帝内経』類の中世の医書注釈書を転写したものであった。

また北京大学図書館ではすでに李玉編『北京大学図書館日本版古籍目録』（北京大学出版社、一九九五年）が刊行されており、これにもとづいていくつか閲覧することができた。大半は版本であるが、一部写本も含まれている。たとえば、天台宗の事相書や口伝を集成した『阿娑縛抄』の写本があり、奥書は天保七年（一八三六年）で七冊存し、本奥書は元禄十六年（一七〇三年）である。この本奥書には比叡山横川の兜率谷鶏頭院の厳覚の名があった。この厳覚は、以前調査していた早稲田大学総合図書館の所蔵する教林文庫の中核をなす人物である。教林文庫の名は、もともと蔵書のあった天台宗の教林坊（近江の湖東）にちなむ（織田信長に焼き討ちされる）。十七世紀後半から十八世紀にかけて活躍した学僧で、多くの

天津図書館で渡辺憲司氏と。

写本を残している（弟子に写させる場合も多い）。独特の筆跡なのですぐにそれとわかり、仙台の仙岳院の調査の折り、偶然にもこの厳覚の直筆本が出てきたのには驚かされた。同じ天台宗の縁ではあろうが、経緯はどうあれ比叡山で写された本が近世期に遠く仙台まで運ばれていたのである。その歴然たる事実に感嘆させられる。人とともに書物が動く歴史をまざまざと感じさせられた。

この厳覚の名はワシントンの議会図書館の資料にも出てきた。一九九八年より立教大学の同僚渡辺憲司氏を中心に議会図書館の和古書の調査を進めているが、遇目した嘉永二年（一八四九）写の『灌頂面授抄』の本奥書に厳覚の名が出てきたのである。しかもこの本は、一九〇七年にアメリカのイエール大学教授朝河貫一が収集したコレクションのひとつであった。朝河貫一は収集した日本の和古書をイエール大学とワシントン議会図書館の双方に納めた。和本でありながら表紙が洋装のハードカバーに改装されているのが特徴で、明治期当時の写字生の写した写本が多いことでも注目される。これも国文学研究資料館在任中、一九八七〜八九年にイエール大学の朝河コレクションの調査を行っていたので、この議会図書館の調査とあわせて、ようやくイエールとワシントン双方にある朝河コレクションの全貌が把握できるようになった。ちなみにイエール大学の貴重書収集で知られるバイネッキ・ライブラリィには、日本イエール協会が出資した別のコレクションもある（これも直接集めたのは朝河である）。話がアメリカ調査にそれたが、間接的な本奥書とはいえ、北京・アメリカの双方で厳覚の名を見つけたことに不思議な因縁をおぼえずにはいられなかった。

北京での調査はきわめて不十分なものにとどまったので、今後も機会をとらえて詳しく見ていきたいと念願している。本との出会いは前世の縁としかいいようのない機縁で結ばれており、思いもかけないつながりをみせてくれる。書物の背後から人のつらなりもみえてくるのである。

4　絵画資料としての絵巻・絵本をめぐって

二月の国際研究集会の折り、最後に報告された劉暁路氏の「中国に秘蔵された日本芸術品について」は、中国に所蔵される日本美術の全貌を総括的に紹介された大変有益で刺激的な報告であった。ただ、日頃から関心を持っている文学と絵画の相関について、特に絵巻や絵本への配慮があまりみられないことを感じたので、若干のコメントを加えたい。

日本の八〜十九世紀にかけて、おびただしい物語の絵巻や絵本が作られた。世界的にみてもその質量はかなり水準が高いはずであるが、日本でも充分関心が払われてこなかった。文学研究ではつとに注目されてはいたが、『源氏物語絵巻』など十二世紀の著名なものをのぞいて、かならずしも絵そのものへの着目は充分ではなかった。ましてや美術研究では著名な絵師のハイカルチャー以外はほとんど無視されていたに等しかった。近年、絵画が歴史史料として注目されるようになって、だいぶ方向が変わってきたといえる。

とりわけ十五世紀以降の物語群はお伽草子とか室町時代物語とか呼ばれ、とくに絵のついたものは「奈良絵本」と呼ばれる。「奈良絵」は奈良の絵草子屋にちなむものだが、それをテクニカルタームとして使うには問題が多く、さしたる根拠は認められない。古本屋が好んで使い、「奈良絵本」というだけで、絵巻や絵本の形態も区別せず、とにかく高い値段がつくのが現状である。それを廃するためにも「奈良絵本」の呼称は避けた方がよい。

物語本文の多くは『室町時代物語大成』（角川書店）に翻刻されたが、絵は完全に省略されてしまった。また、完結からだいぶ時間が経過しており、その後に発見紹介された新出の物語もすくなくない。いずれにしても、ずいぶん関心は集まってきているが、絵巻や絵本の絵画研究はいちじるしく遅れているのが現状である。

以下に問題点を整理しておくと、まず第一に絵巻は形態が巻物であっても、物語性の有無によって絵巻と図巻（画巻）とに区別すべきこと（双方の呼称の使い分けはまだ一般化してはいないが）。第二に原本と模写本のヒエラルキーを廃し、すべてのテキストを等価値にみるべきこと。第三に絵巻や絵本は文芸と絵画の一方に偏することなく双方の視点から統合的にみるべきこと、の三点があげられる。

第一は、形態は絵巻であっても物語絵巻は詞書をともなうのが通例であり（詞書のない場合もあるが）、動植物や祭礼、年中行事などを列挙する絵巻は「図巻」として区別すべきだと考える。ストーリィ性のあるなしは絵巻ジャンルをとらえる上で重要な意味をもち、たんに巻物の形態だけで一括すべきではない。つまりストーリィ性のある絵巻こそが日本の巻物の特性であり、中国や西洋にもあまり見られない特徴なのである。図巻類は中国にも多く、また日本にも多いが、物語絵巻こそ日本絵巻の最大の特色であるとみてよい。

第二は、美術史の観点から作者のわかる一級品だけが重視され、底辺や裾野は無視されてきた。その結果一級品の模写本は価値のないものとされたが、模写という行為もまたひとつの表現行為であって、一個の独立したテキストとして意義を復権させる必要がある。ことに近世の住吉派や狩野派は前代の作品の模写をよく行っており、模写本という名の不当性からテキストを救出しなくてはならない。

第三は、絵巻は通常、美術品として扱われがちだが、物語性のあるものは文学でもある。そのためにも図巻と絵巻の呼称の使い分けを主張しているわけで、双方にまたがるジャンルとして総合的にみていくことがもとめられている。また、図巻類であっても絵画の情報は文学とも切っても切れない関係にあり、横断的、学際的な視点からの扱いや解読が要請される。また、絵巻が美術品として扱われる結果、一級品を除いて屏風絵や掛幅図など大型の作品にくらべてあまり対象にならないケースが多い。

次に問題になるのが、版本の絵入り本である（版本の絵巻もあるが今は略す）。十七世紀以降、近世期の出版文化が確立すると、次第に絵入り本が増えてくる。墨だけの墨印から華麗な多色刷り本までさまざまであり、歌麿や北斎など著名な浮世絵師らが描く場合もすくなくない。近世の刷り物というと、一枚物のいわゆる浮世絵ばかりが注目されるが、絵入り版本もまた実に精巧で色彩がみごとであり、一枚物の浮世絵と等価値にみるべきものであろう。したがって、浮世絵のコレクションのあるところにはこうした多色刷りの絵入り本があるとみてよい。一枚物も版本もまた同時に問題にすべきなのである。

こうした絵巻や絵本、絵入り版本の類はジャポニズムや廃仏毀釈、第二次世界大戦後の混乱などを契機に海外に伝来したものが多い。どちらかというと欧米に多くみられる。絵のあるものが好まれたことにもよるだろう。言語より絵のもつイメージやメッセージは通じやすいからである。西洋人のコレクションが多いのもそのためであろう。欧米で私が調査したのは、ダブリンのチェスタービーティー・ライブラリイ、ニューヨークのパブリック・ライブラリイのスペンサーコレクション、ハーバードのサックラーミュージアム、ロンドンの大英図書館・博物館などで、いずれも有数の絵巻や絵本のコレクションで知られる。

中国や台湾にはこうした個人の収集による絵巻・絵本のコレクションはあまりないだろうが、今回の劉氏のお話で美術品が実にたくさん伝存することをうかがって、おおいに蒙がひらかれた。その折りに見せていただいたスライドに、刷り物の『百人一首』の歌仙絵があった。こうした絵画と文芸にまたがるものがまだまだたくさん出てくると思われる。絵巻や絵本の出現におおいに期待したい。

北京の道観で有名な白雲観に展示されていた道教の経典で、文字と挿し絵風の絵が交互に出てくる巻物があってびっくりした。敦煌の有名な変文類は別にして、中国の巻物は大半が物語性のない図巻類と思っていたので、文字と絵画が交差する巻子本の存在を知って認識をあらたにした。日本以外で制作された詞書と絵画が交差する物語絵巻の出現を心待ちにしているので、ぜひご教示いただければ幸いである。おおきな紙や布を手に持って縦にひろげる絵解き用のものはインドなどでも見られるが、横にひろげてながめる形態で、しかも物語本文の詞書もついている形式は、意外にも日本以外には充分知られていないのである。誤解のないようにいえば、私にいう図巻（花鳥図、風俗図など）は多いが、物語を連続画面で構成する絵巻が少ないという意味であり、物語・故事をもとにした図巻は東アジアにもたくさんある。

文字と絵画の交差する絵巻や絵本こそ日本文化の核のひとつであり（マンガやアニメの原点でもある）、日本人が残したもの、中国で制作されたものなどの経緯のいかんを問わず、中国での絵巻のさらなる出現を楽しみにしている。こうした絵巻や絵本類の絵を集めて、将来は絵画データベースを作成する必要があるだろう。そのためにも中国における絵画資料の調査は急務であると思われる。

5 中国古塔千年紀
——遼の面影をもとめて

『立教大学日文ニュース』十三号　**2008年**

二度目の研究休暇を戴き、相も変わらず東奔西走の日々である。四月にニューヨーク、六月にパリ、南仏、オックスフォード、八月に中国と出かけ、九月以降もイタリア、フランス、北京、ニューヨーク等々、予定が目白押しで、はたしてどうなることだろう。

この夏、中国東北部、吉林省の中心都市長春の東北師範大学で講演を依頼されたのを機縁に二週間ほど旅をしてきた。吉林省から黒龍江省、内蒙古自治区まで赴いた。古代の高句麗や渤海、中世の遼、金、蒙古の元、近世の満州族の清、近代の日本侵略の旧満州（中国では「偽満州国」）と時代ごとにおおきく変転してきた地域である。名高い広開土大王（好太王）の碑文や渤海王国の城址をはじめ数々の遺跡や資料館をつぶさに踏査、見学できた。広開土王碑のある集安は北朝鮮との国境沿いの街で、鴨緑江をはさんで指呼の間にあり、自転車に乗っている北朝鮮の人たちの姿がかいまみえた。国家と民族が複雑にからまりあい、高句麗の建国神話などまさに現代の問題でもあることを再認識させられたが（韓国の「朱蒙」「太王四神記」などのドラマ）、なかでも印象深いのは遼代の塔であった。遼は九一六年、北方

遼・上京の南塔（2008年 8 月）。

の遊牧民の契丹が建国、北宋と融和政策をとり、仏教文化を導入、契丹大蔵経を編纂するが、同じ北方の女真族の金に一一二五年、滅ぼされる。二百年あまり続いた王国であるが、地域が北方に限られるためか、一般にはそれほど注目されていない。遺跡は少なくないにもかかわらず、観光化はさほど進んでおらず、北京や上海からみれば辺境であり、北京オリンピックもあまり縁がない世界であるように思われた。

私にとって遼という名が格別ゆかしいのは、『今昔物語集』の有力な典拠のひとつ、『三宝感応要略録』という仏教説話集が、この遼の学僧非濁によって編纂されていたからである。しかも、当書は中国ではつとに湮滅、日本に十二世紀の古写本が尊経閣文庫や河内金剛寺などに複数伝存、中世の仏教界で簡便な説話集として盛んに利用される、という数奇な命運をたどる。最近あいついで影印本や翻刻が公刊された。近年の仏教史学でも中国北方との交流が注目されており、当書はその交流を裏付ける貴重な証左である。

遼の都京は、上京、中京、東京、南京、西京などにわかれ、上京は現在の内蒙古の赤峰市林東鎮、中京は赤峰市寧城県、東京は遼寧省遼陽市、南京は今の北京、西京は山西省大同市に相当する、広大な領域である。学僧非濁は燕京管内懺悔主菩薩戒師を勤めたというから(「非濁禅師実行幢記」『全遼文』)、現在の北京に当たる地でも活動していたらしい。北京にも遼の天寧寺の塔が現存するように、それぞれの地域に煉瓦や石造りの塔が残っており、それが往時の仏教文化の繁栄ぶりを伝える。今回、踏査できたのは、長春郊外の農安の黄龍塔、上京の南塔、北塔、中京の大明塔、小塔、半截塔等々。いずれも千年の風雪に耐えて今日に残った。農安以外は内モンゴルで、往路は長春から夜行バスで九時間、車窓から間近に見えた星のまたたきが目に焼き付いている。帰路は列車で十一時間ほどの長旅、しかも宿も予約せず、どこをどう廻るか現地に行くまで不明、タクシーの運転手に探してもらったり現場で尋ねまわったり、全く行き当たりばったりだったが、同行の留学生の高陽さん、権香淑さん二人が万事とり仕切ってくれた。感謝の念で一杯である。

日本では、源氏物語千年紀でにぎわいをみせているが、まさに『源氏物語』と同じ時代に造られた千年の古塔にすっかり魅せられてしまった。ひとくちに塔といっても規模も様式も様々で、市街に屹立し街のシンボルになっているかと思うと、田園にぽつんと取り残されるように立っていたりする。とりわけ中京遺跡の大明塔（白塔とも）は最も巨大で圧巻であった。八角十三層、高さ八十メートル、周囲一一二メートルに及ぶ。第一層の八角の面ごとに観音や地蔵、弥勒などの菩薩像と脇侍、飛天が彫刻され、菩薩の名をはじめ漢字も刻まれていた。地元の村の人たちの尊崇を集め、大切に庇護され、幾たびもの大地震や災害に見舞われながらも、崩落瓦解することなく、その都度修復されつつ、今日にまで至ったものである。間近に仰ぎ見てはその迫力に圧倒されるのもよし、田園のかなたに崩れた城壁の土盛りの上越しに聳える優美なさまを遠望するのもまたよい。中京の半截塔（未完で中断、上部剝落の二説あり）を探し宛てた頃にはすでに夕暮れ時、塔に夕日が映えてまた違う相貌を見せる。塔は塔のままでも、季節や時刻、周囲の景観、雰囲気などによって全くその様相が変わる。たぶん一日見ていても飽きないだろう。

農安の黄龍塔は街中にあり、老人たちの憩いの場になっていて、我々が訪れるとたちまち人だかりができて好奇の目で見ては話しかけてきたり、生演奏の即興で歌語りを披露してくれたりした。農安に限らず農村部ではどこへ行っても、赤銅色に日焼けした老人達が親しげに話しかけてきたり、握手したりで、ごつごつした手の感触に営々と生き続けてきた生活者のぬくもりが感じられた。塔は千年の時を越えて、人と自然の移ろいゆく悠久の歴史を見続けてきたのである。

遼の塔は内モンゴルの慶州をはじめ、遼寧省の瀋陽、錦州、撫順、山西省応県等々、まだまだたくさんある。遼の幻想をもとめて塔を廻る旅はしばらく終わりそうにない。

夏草を踏み分け仰ぐ白き塔
往く夏や遼の古塔の星月夜

遼・中京の大明塔（2008年８月）。

6 塔は時空を越えて。

2011年
『東京人』二月号

押上に建設中のスカイツリーが何かと話題になっている。完成を心待ちにしている人も多いことだろう。池袋の勤務先から西巣鴨の自宅まで明治通りを歩いて帰る途中、山手線を越える陸橋から何気なく右手の線路側を見ると、遠くの真向かいにスカイツリーが聳え立っているのが見えて驚いた。こんな所からも見えるのだと、しばし眺めていたが、なぜか塔というと心が騒ぐ。塔に惹かれる思いが人一倍強いのを感ずる。人はなぜ塔を造るのか。より高い物を競い合う心理もあるだろうし、天空の高みへ近づきたい、この地上から離れたい、という気持ちもあるだろう。神が寄り来る依り代の意味もあるかもしれない。

以前、京都駅前に京都タワーができた時、燭台をかたどったような塔が景観をそこねると評判が悪く、京都タワーに上った人が「なるほど京都タワーはすばらしい、なぜなら京都タワーが見えないからだ」と言った、という笑い話をよく耳にした。その京都タワーも今や壁のようにそそり立つ駅ビルの登場ですっかり影が薄くなってしまい、逆にこの駅ビルも「二十世紀の羅生門だ」と言われるほど。新幹線をはさんで反対の南側には、弘法大師空海で有名な東寺の五重塔が建っていて、これはかつての平安京の南端を示すランドマークになっている。

同じ平安時代も下って、洛北白河の法勝寺に八角九重の塔が建てられた。今は跡形もなく、岡崎動物園の猿山の前に碑があるだけだが、ごく最近発掘調査が進められ、遺構が見つかっている。院政期と呼ばれる平安末期のモニュメントとして知られる幻の塔である。日本では同種の塔はそれほど多くはなく、中国北方地域の大国だった契丹・遼の塔との関連性が注目されている。二年前、中国東北部・長春の大学での講演を縁に、念願だった遼の塔を見るために、遥々深夜バスで九時間、内モンゴルまで出かけた。

十世紀、契丹の遼は渤海を征服し、その後、金に滅ぼされるまで二百年ほど続いた国で、仏教文化が栄え、日本や東アジアとの交流があった。その領土は広大な地域に及び、上京、中京以下の都市が複数築かれ、それぞれの寺院に多くの塔が建てられた。今は塔だけが残り、往時を偲ぶよすがとなっている。南京は現在の北京に相当し、天寧寺など遼の塔が現存する。

なかでも現在の大同に当たる西京の塔は、「応県の木塔」として名高い。十一世紀創建の姿を残す中国最古の木塔であり、ここから木版の「契丹大蔵経」も見つかっている。この夏も、北京から夜行列車と長距離バスを乗り継いで、内モンゴル赤峰市の最も奥にある慶州の有名な白塔を見てきた。青い空に白い煉瓦造りの塔が草原のなかに屹立していた。それはまばゆいほどに神々しく美しく、遠くから幽かにそれらしき姿が見えた時は胸が高鳴り、間近に仰いで飽きることなく、いつまでも眺めていたい想いだった。

なぜこれほどまで塔に魅せられるのか、今は塔を見たいからとしか答えられないが、平安京の幻の塔が中国北方に残された塔とつながるとしたら、あながち塔マニアも意味のないことではないと自分に言い聞かせている。塔は天と地をつなぐだけではなく、世界と世界、時代と時代をもつなぎとめているのだ。今日も遠景のスカイツリーを眺めては、毎回同行してくれる留学生と妻に深く感謝しつつ、京の幻の塔や、さらにその向こうの遥かな内モンゴルの白塔に思いを馳せている。

遼・慶州の白塔（2010年８月）。

遼・フフホトの白塔（2008年10月）。

7　馬耳山のお堂の壁画

2010年
『Koreana 韓国の芸術と文化』秋号

韓国を初めて訪れたのは二〇〇〇年の秋であり、以来毎年欠かさず出かけているが、もう十年たったという思いと、まだ十年しかたっていない思いとが複雑に交差している。それまでの韓国は私にとって文字通り近くて遠い国であり、一九九四年夏に身近な研究会の「今昔の会」メンバーで訪れることになったが、事前の準備をしているさなかに病気になり、とうとう行けなくなってしまった。その時の喪失感や虚脱感は何とも言い難く、一種のトラウマ状態となった。勤務先も国文学研究資料館から立教大学に変わり、九九年に趙ウネさんが留学生として私の研究室へ来たのを機縁に、俄然韓国との距離が縮まった。二〇〇〇年に初めて釜山から慶州、晋州をまわったのを皮切りに、トラウマの傷をぬぐうべく次々と出かけるようになった。

なかでも二〇〇一年、ウネさんの手引きでゼミの院生達もまじえ、全羅道の寺院や聖地を訪れたのが印象深い。ことに聖地馬耳山巡拝は、その後の研究動向にもかかわるおおきな出来事となった。馬耳山のふもとに小さなお堂があり、その外側の壁にいろいろな絵が描かれている。何気なく見ているうちにひとつの絵に眼が吸い寄せられ、驚愕した。男が象に追われ、断崖絶壁の木の枝の蔓にぶらさがると、下から四匹の蛇が待ちかまえており、さらに男がつかまっているその蔓を白黒二匹の鼠がかみ切ろうとしている、すると木の枝にかかった蜂の巣から蜜がしたたり落ち、まさに男の口に入ろうとしている、という図であった。これは以前に論文を書いていた、仏典の二鼠譬喩譚（じそひゆたん）という説話そのものではないか。男は絶体絶命の窮地にあるにもかかわらず、口に入った蜂蜜の味でその危機的状況にあることを忘れてしまう。人が常に死と背中合わせに生きていることをたとえた、無常をあらわす寓話であった。この説話の焦点は白黒の鼠にあり、日月の比喩で時々刻々過ぎてゆく時間そのものをあらわすとされる。

全羅道、馬耳山のお堂の壁画。

　中国では種々の漢訳仏典に引かれ、墓誌銘などにもみえ、近年紹介された『敦煌願文集』にも用例がたくさん出てくる（「二鼠」と「四蛇」の対句）。日本では、すでに『万葉集』に山上憶良が引用しており、正倉院にある聖武天皇直筆の『雑集』の観音画讃にも引かれ、平安時代にはこの説話をもとにした「月のねずみ」の歌ことばまで生まれていた。しかもこの説話はインドからさらに

中世ドイツの刷り物。聖者サンバルラン、ジョサハツ伝。左手に一角獣、男の両手脇に白黒の鼠が見える。

イスラムを経てヨーロッパに伝わり、釈迦の伝記にまじってキリスト教の聖者伝にも組み込まれていた。男を追いかける象は、地域によって虎やラクダや一角獣に変わるが、白黒の鼠は変化しない。しかもその聖者伝は十六世紀末、西洋から印刷機を運んでやって来たキリシタンによってローマ字本の『サントスの御作業』に再び翻訳、出版されていた。まさに説話が世界を駆けめぐる姿をまざまざと示してくれる絶好の例である。

日本でも中世以降、『古今集』や『和漢朗詠集』など様々な注釈書にひかれ、ひろまっていたが、そうした追跡をしていても韓国のことは全くといっていいほど念頭になかった。それが馬耳山のお堂の壁画に描かれていたのである。その絵が目に飛び込んで来た時の衝撃は今もって忘れることがない。その時、はじめて自分が韓国のことを全く知らずに意識さえしていなかったことをあらためて身にしみて悟らされたのである。その後、高麗時代の『釈迦如来行蹟抄』にこの説話が仏典から引用されており、禅問答の論題になっていたことも知ったし、お堂の壁画も慶州をはじめ複数あることがわかってきた。

以来、韓国とりわけ前近代の朝鮮半島の歴史文化、文学は欠かせないものになった。それまで琉球とのかかわりしか視野になかったのが一気に東アジア全域へとひろまった。今では韓国の古典は、私にとって東アジアの説話世界の重要な領域としてある。留学生もウネさんに続いて、金英順、金英珠、権香淑さんとあいつぎ、にぎやかである。彼女たちと研究会で『新羅殊異伝』を読み終え、続いて『海東高僧伝』を読み始めた。書斎も研究室も韓国の本が圧倒的に増えた。李市埈氏には拙著『説話の森』の韓国語訳を出してもらった。大学のそばにはなじみの韓国食堂があり、今日もテレビの韓国の歴史ドラマを年表や地図を脇に置い

2007年11月、韓国外国語大学での学会

2005年12月、ソウル東国大学にて。

てかぶりつきで見ている。すべては馬耳山のお堂の壁画から始まった。これも仏縁としかいいようがなく、出会いの縁の不思議をあらためてかみしめている。

8　東アジア・〈知〉の遊学のために

――三冊の本

2012年

勉誠出版・アジア遊学一五〇号

『アジアの〈教養〉を考える　学問のためのブックガイド』

円仁『入唐求法巡礼行記』（平凡社、一九七〇年）

この書名は専門家にはあまりに有名な反面、まだ一般には充分浸透しておらず、大学の講義で話しても初めてその名を聞くという学生が少なくないし、名前を知ってはいても具体的な内容はよく分からないというのが大半である。「巡礼」の読みは礼拝《らいはい》に同じで、「じゅんれい」より「じゅんらい」がふさわしいと考えられるから、「にっとうぐほうじゅんらいぎょうき」と読むのが本来の読み方であろう。要するにこの作品は歴史や宗教、古典文学などの専門家を除いて、読み継がれるべき古典としてまだ充分認知されていない。しかし、これほど東アジアに深くかかわったテキストはないといってよく、私が東アジアを意識する時、まず最初に想起するのがこの書物である。

慈覚大師円仁の漢文体の日記形式の旅行記で、広義の日記文学に入る。歴史学や仏教学では、第一級の歴史史料とみているだろう。承和五年（八三八）六月十三日に始まり、承和十四年（八四七）十二月十四日に至る、九年間の中国留学体験の克明な記録である。円仁は短期留学僧（請益僧）として最後の遣唐使船に乗船した。この遣唐使はいわくつきの派遣で、承和三年に四艘で出航したものの、大風で遭難、漂着して失敗し、翌年にも失敗、その間、遣唐副使の小野篁が乗船を拒否し、隠岐島に配流となる。三度目にようやく出航し、中国の揚州にたどりついたものの、円仁は当初、天台山入山を申請したが入国許可が下りず、強制退去の身となるが、ひそかに山東半島で下船し、赤山の法華院に庇護してもらう。その地は新羅の居留地で、東シナ海をまたにかけて活躍していた張宝高《チャンボコ》の拠点でもあった。そこで半年以上滞在してようやく認可が下り、八四〇年、五台山をめざして巡礼、さらに長安に入って密教を学ぶが、八四二年、武帝即位を契機に仏教が弾圧され、八四五年ついに長安を逃れて帰国の途に着く。その旅は困難をきわめ、日記の記述もおぼつかないほどで、再び赤山に戻り、ようやく八四七年に帰還することができた。

円仁の伝えた密教や法会仏事儀礼の数々はその後の日本仏教の礎となった。同じ船で渡航し、長安に十年以上滞在しながら、帰国の船で遭難死した円載との差違はありまに大きく、人の生死の運命を思わせずにはおかない。

円仁の旅でとりわけ着目されるのは、常に新羅の通詞が同行していたことで、長安からの帰途も経典や曼陀羅を隠してもらったり、さまざまな庇護を得ている。新羅の人々の援助なくして円仁の旅は成就しなかったといってよい。まさに東アジアの文化交流を体現するものだった。円仁の残した記録は、九世紀の情勢はもとより、多様な歴史文化をまざまざと伝える貴重なテキストで、東アジアにひろく共有され、共に解読されるべきものである。歴史史料のみならず、漢文文化圏の所産である「東アジア文学」として位置づけることができる。

本書はその訓読文とその詳細な注解とからなるが、原訳注は『長安史蹟の研究』『法顕伝』『大唐西域記の研究』などで知られる足立喜六がアジア太平洋戦争のさなかに執筆を続け、一九四七年にいちおうの完成をみたものの、戦後の混乱期で出版がかなわず、後年に隋唐仏教研究の塩入良道が補注を加えて刊行したものである。二人の地道で篤実な研究が実を結び、比較的読みやすい本文と注釈が提供された。円仁の苦難に満ちた旅とそれを再現した研究者の苦闘とがふたつながらかさなって万感迫るものがある。

川本邦衛『ベトナムの詩と歴史』（文藝春秋、一九六七年）

ベトナムといえば、一九六〇年代のベトナム戦争がまっさきにイメージされ、前近代の長い歴史文化そのものにはなかなか思いが及ばない、というのが一般的であったように思う。アメリカとの戦いに徹底して対抗した不撓不屈の精神にもっぱら関心がそそがれ、我々はあまりにベトナムのことを知らなすぎた、と今にして思わざるをえない。フランスの植民地

ハノイ・漢喃研究院の学会（2010年11月）。

化からアジア太平洋戦争における日本の侵略、戦後の冷戦体制による南北の分断とアメリカとの戦争など近代史において苦難の歴史が刻まれていることは周知となったが、それにしても、前近代から培われてきたベトナムの歴史文化は知られていないのではないか。わずかにモンゴルの襲来を撃退したことが日本の場合と対照されて話題になることくらいであろうか。

近年、世界遺産などを契機に観光化も進み、古都のフエやかつて日本人街のあったホイアンなども注目されるようになった。ベトナム料理も人気が高いようだ。

個人的にベトナムの勉強を本格

ハノイ大学にて（2012年11月）。

的にしたいと思ったのは、東アジアの漢文文化圏にベトナムも入ることを認識してからで、現地に行ってベトナムの漢文資料を実際に手にとって見たいと思うようになった。幸いにも二〇一〇年に立教大学日本学研究所の活動の一環として初めてベトナムのハノイ、フエ、ホイアンなどを訪れ、ハノイの漢喃研究院で念願の漢文資料を調査することができた。日本とベトナム説話の比較研究を専攻しているグエン・ティ・オワインさんとも初めて会うことができて、以来交流が続いている。彼女は、かつて『日本霊異記』をベトナム語に翻訳して出版、現在は『今昔物語集』を翻訳中で、立教大学にも客員研究員として一年間滞在した。二〇一〇年にはオワインさんの協力を得て漢喃研究院で国際学会もできた。

こうしてベトナムは自由に行き来できる、遠い国ではなくなったが、やはりそのきっかけとなったのが本書である。恥ずかしながらこの本を読んだのはベトナム行きを意識するようになってからで、本書はすでに絶版となって久しく、たまたま手に入ったので一読、その魅力に惹かれた。ベトナムの歴史と文化の通史ではあるが、それにベトナムの詩を交えて実にわかりやすく読み聞かせてくれる。昔に比べると、ベトナムを知る本はずいぶんたくさん出版されるようになったが、その深さとひろがり、詩の魅力もあわせて読みやすく説いている本はほかにないのではないだろうか。

しかもこのような名著がベトナム戦争のさなかに日本で書かれていたことの意義も見のがせないだろう。本書が装いをあらたにして復刊され、多くの人の眼にふれることを切望せずにはいられない。

金文京『漢文と東アジア――訓読の文化圏』（岩波新書、二〇一〇年）

著者の金文京氏とは二十五年以上も前に台湾大学で初めて会って以来のつきあいであるが、現地の人に中国語がうまいと誉められていた。また、昨年六月、延世大学のシンポジウムに別ルートで呼ばれて一緒になった時の講演では、パワーポイントは日本語で、話すのは韓国語であった。その時の私の日本語での講演も通訳してもらい、二〇〇一年の台湾大学の漢学国際会議のシンポジウムでは私の発表を中国語で通訳して頂いた。文字通り東アジアを体現する研究の第一人者といえる。科研活動にはいつも分担者として参加頂いているが、昨年十一月、新しく移転したパリの国立東洋言語文化研究院で〈予言文学〉の学会を開催、国立図書館でも資料調査を行ったが（その時は英語で対応されていた）、たまたま同時に講演で来られていた川田順造氏とお会いし、金氏を紹介したところ、実は川田ファンだったということが分かった。著者の学の裾野のひろがりをかいま見た思いがしたが、私が東アジアを強く意識するようになった契機は、やはり著者との出会いが決定的であったと今にして再認識させられる。

二〇一〇年六月に説話文学会大会のシンポジウム（於広島大学）で説話の東アジアをテーマに講師をお願いしたその直後に、本書が刊行された。またほぼ同時期に『三国志演義の世界』の増補版も刊行された。後者も東アジアに関してかなり補強されていたのが印象深かった。

本書は仏典の漢訳から訓読という言語行為がはじまったことを、文字通り東アジアの資料群を縦横無尽に渉猟して解き明かしたもので、近年の新書がハウツーものに傾いている情勢に比して、きわめて高度で清新な知の探究の新書版となった。漢文訓読が日本の専売特許の

2001年３月、台湾大学での学会、金文京氏と。

ようにいわれていた時代は確実に終わったことを本書は知らしめてくれる。

著者の方法の特性は細かい事例を現象面の指摘にとどまらず、それ自体も興味深いものが満載されているが、それらを通して根源的な思想やイデオロギーなどに深めていくところにある。一般的には「漢字文化圏」と通称されているのを、著者はあえて〈漢文文化圏〉と喚び変えようとする。問題は漢字という文字だけではなく、それを使った文章や文体、あるいは漢字をもとに派生したり、漢字に反発して開発したりしてできた、仮名やハングル、チュノム（喃字）など、あらたな文字表現をも含めた文体からとらえ返そうとする構想である。

私もその説に全面的に賛同するもので、雑誌『文学』で著者たちと「東アジア――漢文文化圏を読み直す」特集号を組んで座談会を試み（二〇〇五年一一、一二月号）、著者に巻頭論文を書いて頂くかたちで、『漢文文化圏の説話世界』（竹林舎、二〇一〇年）の論集を編んだことがある。著者の研究に導かれて、日本のみに逼塞せずにひろく東アジアを探求する若き有為の人々が増えることを願っている。

Ⅳ

日本を往く

還暦の会（2007年12月）。

1　男の穂高

1982年
早稲田大学国文学会
『わせだ国文ニュース』三十七号

八月二日、台風一〇号の後を追うようにかつての早実の教え子吉田敦美君と夜行の長野まわりで松本へぬけ、上高地へ向う。しのつく雨をさらに横尾から涸沢へ。翌日も天候は回復せず、あきらめ半分でザイテングラードをへて奥穂頂上に登る。標高三一九〇メートルも視界ゼロではただの瓦礫。鞍部の山荘へ戻ってまずいラーメンをすする。そこで出会った女性二人に逆にうながされ、共に涸沢岳を通って北穂に向う。歩く内にみるみる雲が舞い上り、どっしりとした山容が登場。北穂に達した時には、雲海の彼方に富士が見えた。やがて待ちかねた槍の穂先も姿を出す。滝谷の岩壁が迫り、垂直の岩にとりついている人の姿が目にとびこむ（昨日も一人落ちたそうな）。大キレットの飛騨側は雲が厚い。東側は晴れ渡り、燕岳から表銀座、常念から蝶ヶ岳の陵線がくっきり浮かぶ。岳沢からまきたつようにガスが上って、吊屋根や前穂・奥穂の峰々にぶつかり、涸沢側に越えようとする。雲の波が勢いよく巌に当り、くだけて波頭が舞い上るよう。雲の動きが手にとるように分る。生きている雲の力感。三千メートルの岩の殿堂、まさしく男の穂高。涸沢への下りは高山植物がそこここに咲きみだれ、話の花も咲く。眼下の色とりどりのテントが小さく見え、なかなか近づかない。夜、満天の星を仰ぎつつ、ワンカップの味はまた格別。

翌日、天気のいいのにつられて再び奥穂に登る。吊屋根から前穂、またまた天候が悪くなり、ガスの中のガレ場を岳沢へ下って上高地。河童橋の観光客の群れをみてうんざり。橋は聖と俗の境界。六根清浄の山行も、はやけがれた感じ。やはり穂高は神の山、上高地は「神河内」であってほしい。山上で出会った女性達が天女だったなら、と幻を追う。

四月から松本に移った渡辺秀夫宅へ。旧制松高跡のあがた公園のすぐ裏。信大の研究棟の屋上からは、昨日穂高から眺めた常念が望める。晴れれば槍まで見えるという。研究には逆に悪い環境だと半ば嫉妬。次の日、名物のフォルクスラーメンを食べて別れた。来年は全日本邪道ラーメンに挑戦せねば。つい数年前までは早実で机を並べていた二人が、今や松本・徳島という遠い地に別れて、共に文部教官になりすましている宿縁の不思議さを思う。

今、机上には山荘でみやげに買った穂高の空気をつめたというカンがある。まさかあけてしまうわけにもいかず、ちょっとした浦島の玉手箱気取りでためつすがめつながめている。深田久弥の『日本百名山』で数えてみたら、登ったのはまだ四分の一程度。百名山に登るのと学位論文書くこととを当面の大きな目標にしている。後者は我が国東翁の定年をタイムリミットとするが……。受賞式の懇親会で師匠の説を批判したら、逆にそこまで弟子にいわせる師の方が偉いという評価に定まった。

かくて歓楽極まってしめきり原稿に頭をかかえる始末。遠く街の方から風にのって阿波踊りのざわめきが聞こえてくる。短い夏——

松本にて。渡辺秀夫氏と。

国東文麿先生と（出版記念会、1996年５月）。

2 高知県立図書館「山内文庫」

『国文学研究資料館報』二十三号　1984年

妻の内助の功の逸話で名高い山内一豊を初代とする土佐藩主山内家伝来の蔵書が山内文庫である。昭和二〇年（一九四五）十一月に二万冊が高知県立図書館に寄託され（一部は寄贈）、昭和四七年（一九七二）三月に同図書館より『山内文庫目録』が刊行されている（三九二三点）。

蔵書内容は領内の社寺旧家から収集されたものも含まれ、室町時代から明治に至る和書・文書が中心。特に近世の版本が多いが、物語・説話・随筆・歌書・謡曲・俳書・近世小説・漢文学等々、広い分野に及ぶ。中でも鹿持雅澄の自筆稿本『万葉集古義』（文政・天保期）や『長宗我部地検帳』（重文指定）などが著名で、谷秦山ら国学者をはじめ郷土関係の作品資料が充実しているのが特徴である。高知県のみならず中四国地区でも有数のコレクションといえ、国文学研究資料館で簡便に資料が利用できるようになったのは極めて有益であろう（秦山の著は東大・南葵文庫の版本が当館に移管されている）。

国文学研究資料館では、県立図書館の御協力を得て、昭和五二年（一九七七）から調査を開始し、撮影収集も昭和五四年（一九七九）から始め、それぞれ現在も継続中である。昭和五八年度までに一二五九点を調査し、収集は六三六点に及んでいる。これまでに調査に携わって頂いた中四国地区の調査員の先生方はのべ一五人に亘る。

尚、県立図書館は山内家ゆかりの高知城内に閑静な一角を占め、他に長尾・山中家・野見・野中・坂崎・田岡等々の文庫や松本・岡・赤松・公文・大石・三谷家等々の文書が収蔵されている。また山内神社の宝物館にも山内家の古書の一部が所蔵されているとのことで、今後の調査の進展が期待される。

3 琉球文学への旅

1991年
早稲田大学国文学会
『わせだ国文ニュース』五十五号

昨春の集中講義が縁で、琉球大学の池宮正治・関根賢司両氏のご協力により、この夏から国文学研究資料館でも沖縄の調査が始まった。沖縄で国文学の調査というと、大概の人は沖縄にもそんな資料があるのかと驚くが、意外に未発掘の資料が少なくないようだ。今回赴いたのは那覇の県立図書館と石垣島の市立八重山博物館。前者は沖縄学で著名な東恩納寛惇文庫、後者は島の旧家の寄贈や委託による資料である。ことに後者は近世後期以後、幕末から明治にかけての写本が中心で、琉球方言による『二十四孝』や『平仮名盛衰記』、『琉球狂言』、星座や天体の名辞に関する『星図』など、一般にはほとんど知られていない貴重な資料が多い(一部はすでに池宮氏の紹介があるが)。たった一冊の写本が日本文学としての琉球文学の意義を逆照射する。そこからひろがる波紋は決して小さくはない。

琉球文芸の研究は近年脚光を浴びているが、あまりに無文字のシャーマニックな世界ばかりが強調され、和漢の文学との深い交渉が視野からはずされがちな傾向にある。『琉球国由来記』や『球陽』をはじめ歴史叙述のテキストも少なからずあるのだが、研究は十分進展し

2005年９月沖縄にて。池宮正治氏、高良倉吉氏らと。

ていないようだ。琉球文学といえば『おもろさうし』の名しかあがらぬ偏見を打ち破る必要があろう。たとえば岩波の新古典大系でも、琉歌を除いてほとんど琉球文学は排除されている（同じことはキリシタン文学にもいえるが）。日本文学として琉球文学をどう位置づけるか。難しい問題だが、少なくともその課題を自らに引き受けることで、既成の国文学なるものを相対化していきたいと念じている。集中講義のもうひとつの縁で拙著『説話の森』を上梓できたが、南の島々に視野が及んでいない自らの研究の浅薄さに忸怩たる思いがする。めざすは琉球古典文学大系だ（関根氏の構想はすでに熟しているらしい）。

石垣から最南端の波照間島まで足を延ばした。旱魃で壊滅したさとうきび畑の向こうにひろがる珊瑚礁の海を眺め、人頭税に耐えかねて村ごと南のユートピアをめざして集団脱走した南波照間《パエハテルマ》の伝説に思いを凝らす。南端の島の水平線のさらなる果てにははたして理想境はあったのか。フダラク渡海に似て非なる陰惨さと不思議な解放感がその伝説には漂う。

石垣の人達と飲み語りあう。来年は山羊のふぐりの刺身を食わせるという。数日来、山羊の夢にうなされた。文字を拒絶するような島々の風土とそこにはぐくまれた文字文芸を追い求める旅がしばらくは続きそうだ。沖縄でもなかなか手に入らないという波照間の幻の泡盛「泡波」に酔いつつ、夢想はつきない。

4　石垣市立八重山博物館

1992年　『国文学研究資料館報』四十号

琉球弧の南西端、八重山諸島の中心に石垣島がある。ここには本土ヤマトはもちろん沖縄本島とも異なる独自の文化がはぐくまれてきた。その粋を集めたのが八重山博物館である。当館においても最南端の調査地にあたる。一九九〇年の予備調査を経て、九一年より琉球大学の池宮正治・関根賢司両氏のご協力のもとに、那覇市の県立図書館（東恩納寛惇文庫）とあわせて調査を続けている。

一般には、沖縄にも近代以前の資料があるのかと驚かれるが、土地の旧家で先祖代々、保存してきた資料が博物館に寄贈ないし寄託されたものである。目録には県教育委員会編『八重山諸島を中心とした古文書調査報告書』（八〇年）があるが、その後発見された資料もすくなくない。約四〇〇点ほどある。とくに石垣島は他の島にくらべ、文献資料に対する意識が高いようだ。さらに司書の内原節子氏を中心とする館員の方々のご努力で、多くの資料が裏打ち補修され、表紙や帙を新装して大切に保管されている。資料の保存からみても見習うべき点が多い。

石垣島で池宮氏、嘉手苅さんらと。

具体的な資料には、近世後期以後、幕末から明治にかけての写本が中心で、漢籍も若干ある。なかでも琉球方言による『二十四孝』や『平仮名盛衰記』、『琉球狂言』、『星図』（星座・天体の名辞集）、琉球王朝をめぐる佚名の故事・歴史物語等々、一般にはほとんど知られていない貴重な資料がすくなからずある。たった一冊だけ残された写本が琉球文化のありようを照らしだす。

琉球文芸は近年脚光を浴びつつあるが、どちらかといえば無文字のシャーマニックな世界が強調され、本土はもとより中国・朝鮮・東南アジア・西洋キリシタンなどとの深い交渉をふまえた豊饒な文字文芸の世界が視野からはずされがちな傾向がある。琉球文学といえば『おもろさうし』の名しかあがらぬ偏見を打破するためにも、地道な資料の保存と調査は今後ますます重要な意義をもち、やがて琉球古典文学大系に結実していくに違いない。

ポーランドに琉球絵巻

江戸上りの舞踊描く

ポーランド共和国の古都クラクフにある国立美術館分館に、琉球使節の1832年の江戸上りの際の舞踊を描いた絵巻1巻が保管されていた。立教大学の小峯和明教授が発見した。収蔵経緯などは不明だが、描かれている内容から永青文庫蔵「琉球人坐楽之図」の複製の一つだと考えられる。琉球の舞踊絵に詳しい琉球大学の池宮正治教授は「大名の持っていた絵巻がどういう経緯で写され、ポーランドまで渡ったか興味深い。描かれた楽器などに関心を持ったのかもしれない」と話している。

「伊計離節」の部分

立教大の小峯教授が発見

小峯和明教授

小峯教授は、クラクフの国立美術館分館が日本の浮世絵をコレクションしていることから、昨年の九月に調査した。浮世絵のほかに、江戸の祭礼などを描いたものなどが数巻あり、その中に「琉球奏楽舞踊図（一部かすれ不明）」とタイトル書きされた絵巻があった。

絵巻は色付きで、「四つ竹踊り」「打花鼓」「網打踊」など、琉球舞踊の踊り手と地方などを描いている。

絵は江戸上りの際の舞踊を描いた「琉球人坐楽之図」（旧熊本藩主細川家や熊本藩関係の資料をもとに設立された永青文庫が所蔵）とほぼ同じ。「琉球人坐楽之図」の写しは現在、県立博物館に収蔵されているほか、屏風仕立てのものなど数点が確認されている。

小峯教授は「絵巻も貴重だが、同時に琉球の舞踊を描いた絵巻がヨーロッパ、しかもポーランドで収蔵されている事実も貴重だと思う。収集者が絵巻のどこに興味を持ったのか、絵巻がどのような影響を与えたかなどを考えると興味深い」と話す。

同分館のあるクラクフはポーランド南部にある。十四―十七世紀にポーランド王国の首都として繁栄、同国最古の大学がある古都。発見の絵巻が同館に収蔵された経緯が分かれば、さらに琉球関係の資料が明らかになる可能性もあるという。

沖縄タイムス記事「ポーランドに琉球絵巻」二〇〇四・九・七

2003年９月、ワルシャワの公園で。

5　『袋中上人フォーラム』レポート

――来琉四〇〇年・その歴史的意義を考える

2005年

『首里城公園友の会』会報五十号

小峯和明先生による基調講演は、「袋中上人と琉球～『琉球神道記』と『琉球往来』の世界」という演題のもと、まずは映像を使いながら「袋中上人の生涯」について解説されました。六〇歳を過ぎた頃の袋中上人の原寸大の手形は、意外と小さなものでした。また、『琉球神道記』は一六四八年に木版刷りで出版され、琉球にも渡って様々に活用されますが、『琉球往来』の方は一九三六年（昭和十一）になって始めて日の目を見たという、全く異なる運命を辿っています。

次に「『琉球神道記』を読み直す」というテーマで、文中の海難事故に関する話題を取り上げ、梅をシンボルにした天神、天妃（媽祖）信仰、風神である天巽のことなどが解説されました。また、舟の出入港の際には仏教的な加持祈禱などもやっていたようで、当時の多様な宗教状況がうかがえます。「シャーマンとしての袋中上人」というテーマでは、袋中上人が加持祈禱、占い、医術、医薬について、非常にシャーマニックに関わっていたことが関係書籍から解説されました。最後は「『琉球往来』の再評価―異文化交流の指標として」をテ

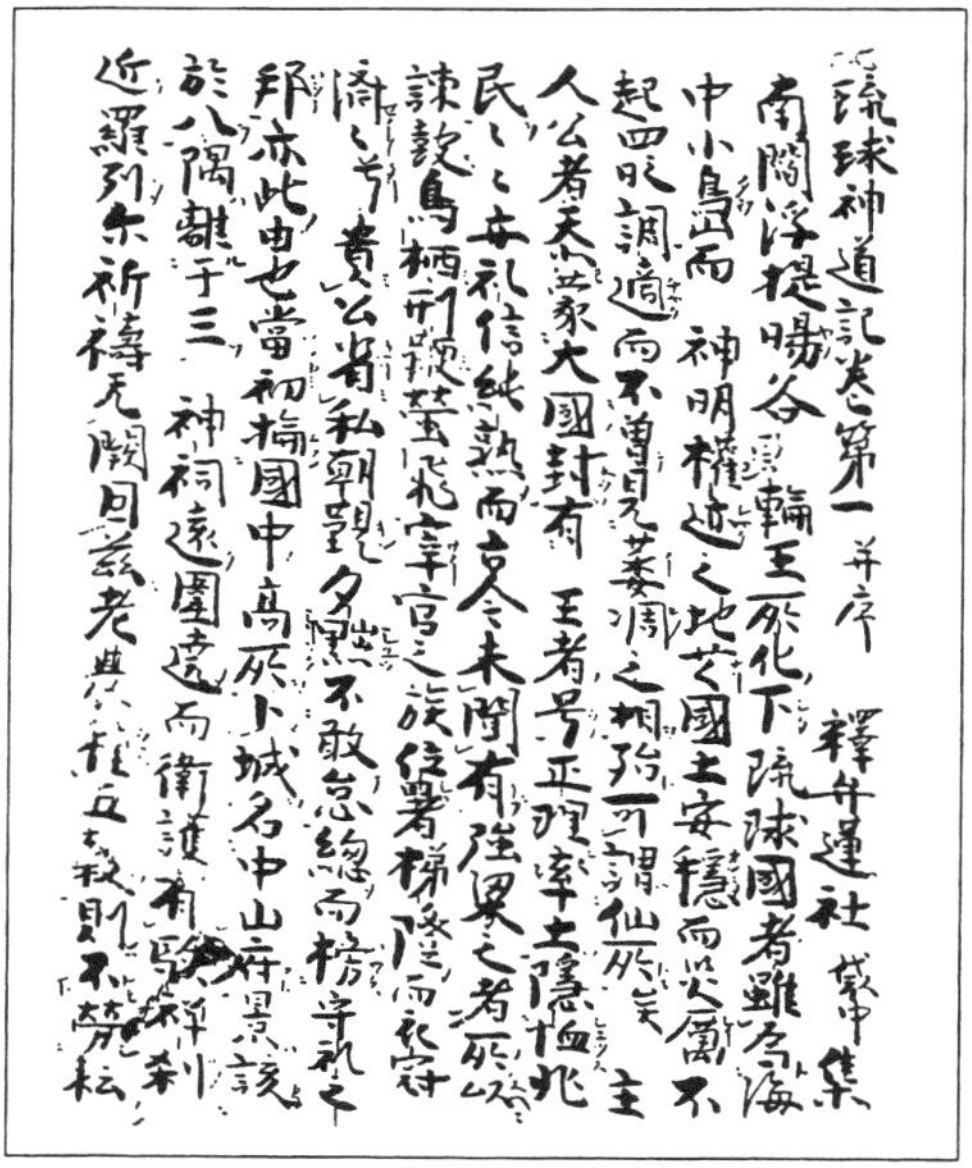

『琉球神道記』

ーマに『琉球神道記』と較べて具体的な情報が書かれていること、大和で当時流行っていた芸能・芸術が琉球にも伝わっていたこと、医薬・本草書の記述も詳しいことが解説されました。おわりに、小峯先生は「琉球古典文学大系」を作るのが夢であり、様々な研究に取り組んでいる現状が紹介されました。

後半のパネルディスカッションでは琉球仏教史を研究している知名先生から、尚泰久王は日本との貿易交渉を有利に進めるために僧を活用した、そのための仏教興隆であったが、古琉球末期には貿易の先細りに伴い仏教界も衰退してきた、そうした時期に袋中上人が訪れた、という指摘がありました。池宮先生は琉球僧・寿安に触れ、古琉球は仏教社会の様相が濃く、中世的な社会と見た方が良い。また、中国芸能はじめ大和芸能も古琉球から整っていたという見解を述べられまし

あしゃぎ

シャーマンの側面も

約400年前、沖縄に浄土宗を伝えた袋中上人《たいちゅうしょうにん》の歴史的意義を考えるフォーラムが11月27日、那覇市内のホテルで開催された。このフォーラムで立教大学教授の小峯和明さん＝写真＝が「袋中上人と琉球」と題して基調講演した。

袋中上人が著した『琉球神道記』と『琉球往来』について解説。「袋中上人が沖縄を離れた後、薩摩が入ってきた。『琉球神道記』は薩摩が入る前の琉球の様子を伝える第一級の史料だ。それに対し、『琉球往来』はテキストを手に入れること自体困難だった。研究もこれからだ」と語る。

『琉球神道記』を読み直す中で気が付いたことは、海難や航海をめぐる記述が多いことで、「海洋史においても重要な問題を提起している」と指摘。また、シャーマンとしての側面があったといい、「王朝の衰えの兆しを記している。これは薩摩侵略をにおわせているのではないか。予見めいた一節があることに注目したい」と語る。

一方、『琉球往来』に関しても、「ヤマト文化の伝来、異文化交流をうかがわせる記述がある。どう読み込むか、課題だ」と力説した。

琉球新報記事・あしゃぎ「シャーマンの側面も」（2004・12・3）。

た。小峯先生は沖縄で仏教が定着しなかった理由の一つとして、独自の死生観、宗教観が根本的にあるのではないか。袋中をきっかけに念仏宗が一般に広まったとされているが、どの程度そうなのかはっきりしない、大和のように民衆の底辺に広がるような動きとは違う、という問題提起をされました。

さらに、沖縄には仏教説話がほとんど残っていない、熊野権現との結びつきから修験の世界の存在が考えられる、袋中が薩摩との緊張関係を反映した一節を書いている、『おもろ』を音声標記として梵字で写していることなど、様々な視点から活発なディスカッションが展開されました。壇王法林寺住職からは袋中上人が琉球から帰って壇王で祀り始めた海難の神「主夜神」について、日本の「招き猫」のいわれでは一番古いものとして紹介されました。最後に高良先生より今後『琉球神道記』『琉球往来』を様々な人々が、様々な切り口で読んでゆく必要があることが述べられ、会が閉じられました。

※本稿は首里城公園友の会事務局の福島渚氏によるものである。

6 尼寺の蔵書
――宝鏡寺の場合

1995年
『新日本文学古典大系』月報五十八

「尼寺へ行け」とはハムレットの有名なせりふだが、「尼寺の調査へ行け」と力説してやまないのがコロンビア大学のバーバラ・ルーシュ教授である。氏は九三年、国文学研究資料館の客員教授として赴任するや、資料館はどうして尼寺の調査をやらないのか、そのためのネットワーク作りをどうして熱心にしないのか、と顔を合わすたびに熱っぽく語られた。資料館でも寺院の調査は進みつつあるものの、尼寺にはまったく視野が及んでいないことにその時はじめて気づかされた。

ルーシュ教授の熱意にほだされたわけではないが、東福寺での共同研究の折り、氏の敬愛してやまぬ中世の無外如大ゆかりの尼門跡で、通称人形寺として知られる宝鏡寺を石川力山氏らと訪れ、御住職と談話中、偶然にも奈良絵本『ちよのさうし』の存在を知った（これについてはその後、徳田和夫氏による翻刻がある）。昨年十一月には無外如大の七百年遠忌法要にも出席した。ルーシュ氏はニューヨークからとんぼ返りで参加された。

こうして、すでに古文書調査に携わっている京都市歴史資料館の岡佳子氏のお世話により、宝鏡寺の調査にかかわることになった。すべてはルーシュ氏と無外如大の導きによるわけで、これも仏縁としかいいようがない。

宝鏡寺の古文書は以前から注目され、一部はマイクロフィルム化されているが、典籍についてはまったく知られていなかった。岡氏と「女性と仏教の会」のリーダー西口順子氏のご協力を仰ぎ、昨年暮れにはじめて典籍調査を試みた。いろは順の木箱三十箱余りに三百点近くあり、ほぼ七十年ぶりに蔵から出されるという。驚いたことに、仏儒書や詩歌書はもとより、『通俗三国志』『通俗呉越軍談』をはじめ『太平記』『絵本太閤記』など内外の講談軍記物が少なからずあった。その他、装束の絵手本、医療書、名所図絵等々、実にひろい分野に及んでいる。大半は近世後期の版本で写本は少ないが、こちらが漠然と抱いていたイメージとはおよそかけはなれたものだった。ある本の見返しには「昭和三年　宝鏡寺図書寮」とあり、昭和初期までは専門に本を管理する部署もあったらしい。「文庫」の指図を描いた文書もある。

これらの資料はどこでどうやって寺に入ったのか、またどう読まれたのか。詳しいことはわからない。尼僧達が通俗軍記物に興ずる姿は想像するだけでも楽しい。寺には近世以降の膨大な日記も残されている。蔵書に関する情報があるかも知れないが、これも今後の調査にゆだねるほかない。尼寺の実態はまだまだ明らかではないようだ。近年、とみにジェンダーや女性史が注目されているが、たんなるブームに終わらせないためにも、基礎的で地道な調

享保15年写本『妙法天神経解釈』の袋

査が急務であろうことを痛感する。

個人的には『宝物集』の平仮名三巻本系の写本と『妙法天神経』の享保十五年（一七三〇）写本の出現がとくに興味をひいた。ここでは後者について かんたんにふれておこう。外題は『妙法天神経解釈』『天神経』は寺子屋で読まれた偽経としてつとに知られるが、本書はそれとはまったく異なる、天神の和歌と『法華経』を結びつけた注釈書の一種である。

序文によれば、道真が大宰府で『法華経』の一品ごとに和歌をつけ、妙法天神経と名づけた。それを書写山の性空上人が北野で七日間参籠して授かり、後に安楽寺の小鳥井殿、和州押熊野菅生の常光寺の円海律師、河内丹南郡菅生宮の天明寺の智空上人へと伝来、これをさらに「予」が伝え、注釈をしたという。「予」とは、冒頭の序品下に「金龍《ノ》賢眉山　欽《テ》釈《ス》」とみえ、この署名は奥書の享保十五年仲秋、「金龍山神護禅寺住持嗣法沙門眉山元賢謹書」と合致、神護禅寺の元賢をさす。僧元賢、眉山の印記もあるから自筆稿本とみなせようか。

内容は序文の通り、『法華経』の一品ごとに経文の一部を引用、その判釈が漢文で書かれ、ついで道真の和歌とその注釈が仮名交じり文でつけられる。たとえば、薬王品では経文と釈文のあとに、「さむしろにひとりふせやの夢さめていとど恋しきひとのおもかげ」がひかれ、「釈云、此御意は薬王菩薩因地の時、種々苦行修学して独りふせやに無明の夢覚て、一切色身三昧得ぬれば、是みな日月浄明徳仏に法華を聞し故と、いとどありがたく恋しく、おもかげまでもわすられず、身を焼、臂を燃して供養し給ふ心を詠じ給ふ成べし」という。『法華経』とは無縁の和歌を各品の判釈にひきよせて解釈する。著名な「東風吹かば」の歌は嘱累品にみえるが、右の薬王品歌も含め、すべてが道真作かどうか疑わしい面がある。

『法華和語記』など『法華経』の注釈には和歌がよくつけられるが、本書はそれを天神と結びつけた点、法華経注釈とともに天神信仰の面からも注目されよう。なお、その後の調査で『北野天神縁起』詞書の抜書や天神に関する文書が出てきた。日記にも天神参詣の記事が頻出するようだ。詳しくは機会をあらためて検討したい。

7　尼寺の調査と源氏物語

紫式部学会『むらさき』三十四輯　**1997年**

アメリカのバーバラ・ルーシュ教授の「尼寺の調査をどうしてやらないのか」という鶴の一声（一喝！）ではじまった京都の尼寺「宝鏡寺」（通称　人形寺）の調査も、まもなく五年たとうとしている。コロンビア大学の中世日本文化研究所と国文学研究資料館・史料館の合同調査のかたちで、和本や日記・文書の調査を進めてきたが、いよいよ大詰めを迎えつつある。これについては、以前「尼寺の蔵書―宝鏡寺の場合―」（前章）で、かんたんに紹介したことがある。

もとをただせば、ルーシュ先生が国文学研究資料館の客員で赴任された折りの尼寺文化をめぐる共同研究が出発点で、京都の西口順子・岡佳子のお二人を中心に、文芸・歴史・美術などさまざまな分野のメンバーが集まって展開されてきた。私はといえば、尼に興味があるわけではなく、尼寺がどんな資料をもっているのかという野次馬的な関心ではじめたのが、いつのまにか深みにはまりつつあるのが本音だ。各専門家が領域を超え、相互乗り入れして一堂に会する、文字どおり学際的な調査で刺激的なグループだ。住職との聞き取り調査とあわせ、文献調査が一段落すると、今度は美術品の調査に入る予定だが、絵画や書跡に限らず、茶器や人形、玩具、調度等々、生活にかかわる物具がひろく対象になるだろう。

来年九八年秋には、中世尼五山第一の景愛寺の開祖といわれる無外如大の七百年恩忌として、法要と「尼寺文化」をテーマにしたシンポジウムや尼寺美術の展示等々がコロンビア大学で開催される予定だ。京都の門跡尼たちもこぞって参加されるというから、さぞかし壮観であろう。来秋のニューヨークはちょっとした尼僧ブームになるやもしれぬ。今までの調査研究のひとつの集約がそこではかられることにもなるだろう。

尼寺は全国いたる所にあるが、中世や近世の資料を所蔵する寺はかならずしも多くはない。なかでも宝鏡寺は尼門跡としての歴史と伝統をもち、質量ともに有数の蔵書を誇る。中世文書は以前から注目されていたが（『尼門跡の言語生活の研究』という大著もある）、近世から近代にいたる膨大な日記や三百近い和本類、おびただしい近世の消息、文書類は今回の悉皆調査ではじめて全貌が明らかになったものである。

中世の景愛寺の系統が分派し、近世初期に堀川寺之内の百々辻にあった宝鏡寺がよく命脈を保ち（寺伝では沿革は南北朝頃までさかのぼるが）、文書を保管してきた。十六世紀を境に断絶があり、中世から近世への変転に景愛寺は失われたが、その法統は残り、大聖寺などとともに尼五山や門跡としての権威を保ち続け、宮家との交流による一種の文化サロンも形成されていた。

また、寺院の権威づけに開祖の無外如大の伝記が威力を発揮し、伝記がくりかえし書写され続け、文書にも伝記をめぐるやりとりがみえる。絵物語化された『千代野草子』なども、そうした背景から派生し、成長していったらしいことが想像できる。「千代」もしくは「千代野」とは無外如大の出家前の名で、水を汲んだ桶の底がぬけて突如発心する伝記的な物語だ。

調査をすすめる過程で、目をひく資料がいろいろ出てきたが、ここでは『源氏物語』に関するものをあげておこう。近世中期、有栖川宮幸仁親王が宝鏡寺の二十二世本覚院宮理豊に宛てた、『源氏物語』をめぐる二通の自筆書状である。幸仁と理豊とは兄妹で後水尾院の孫に当たる。幸仁は元禄十二年、四十四歳で没している。同じまとまりのもう一通は病気見舞い願いの内容だから、元禄頃の書状とみてよいだろう。

ひとつは、冒頭に「蓬生巻」とあり、

故院御八かうの処
源氏蓬生の露を分入給ふ所

この二所はいいもので、外には出すべきでなく、出したのを見たこともない、一昨日から忘れていて、今ようやく思い出したので申し入れた次第、はなはだ困惑している、というもの。背後の文脈がよくわからないが、蓬生の巻をめぐるやりとりで、「……の処(所)」という指示はおそらく絵をさしているのだろう。後者は『源氏物語絵巻』でも周知の場面、前者は源氏が桐壺帝の供養に法華八講を行う「故院の御料の御八講、世の中ゆすりてしたまふ」という本文に対応する。絵巻や絵本の挿し絵をめぐる貸し借りか発注の依頼を忘れていてあわてて処置した、という内容であろうか。

もう一通には、『源氏物語』の巻名がいくつか出てくる。

末つむ花　いゐき
うす雲　はし本与九郎
野分　いゐき
藤のうら葉　さ平次
わかな下　ほそ川むりのすけ
みのり　いゐき
うき舟　はし本与九郎

この七冊はただ今お返しするといい、さらに、

せきや・あさかほ・ほたる・梅か枝・夕きり・やとりき

といった六冊は書き直しはあるけれども、もとの地下の手の本はおさがりの時からなかったように思われる。なお、いろいろ当たってみて、後から進上申し上げよう、というもの。

引用した七冊の巻名の下段はおそらくもとの書写者の名であろう。この分だけでも、四人で分担していたことが知られる。実名かどうか、戯れめいた名称のようにも思われるが、後

半の六冊分も「地下の手の本」とあるように、地下の者の手をさすのであろう。はたして『源氏物語』の全巻あったのかどうかはわからないが、すくなくともここでは十三帖分が取りざたされ、書写の地下の手になる写本を本覚院宮から幸仁が借りてみずから写したか、あるいは人に写させたことがうかがえる。

『源氏物語』の文献書誌学や享受史にはうといので、こういう文書がどういう意味をもつのか、私には実のところよくわかっていないのだが、近世中期に下るとはいえ、門跡の尼寺を舞台に、こんなやりとりがあったことの意義は見のがせないように思える。尼門跡サロンの核に『源氏物語』はあったのだろう。『源氏物語』が読まれ、写された現場の一こまをこの書状は伝えているのであった。

宝鏡寺には『源氏物語』の版本はあるものの、写本は現存しないようだ（『花鳥余情』もある）。尼寺の蔵書全体としては、軍記講談ものまであって、バラエティに富み、おおいに驚かされたが、もちろん歌書や王朝物がないはずはない（逆に聖教類はないが）。蔵書と文書との関係は今のところはっきりしない。一部の蔵書リストや仏像、書画など資財を記録した写本には「源氏物語　端本　一組」とあり、別の書蔵リストを書き付けた文書には「花鳥余情」の名がみえる。今後の調査の進展によっては、さらに知見が得られるであろう。

国文学の調査というと、まず文書は対象からはずされ、歴史の調査といえば写本は見捨てられるのが一般で、げんに過去の宝鏡寺調査でも文書の箱にあった写本は手付かずであった。しかし文書であろうが写本であろうが、そこに所蔵される資料には変わりはない。写本に関する情報が文書にはありうるし、逆の例もまたある。美術品もあわせて、相互の対応をみきわめていく必要があろう。すべての資料はその寺にあることの意義をみていかなくてはならない。分野を越えた総合的な調査が必要なゆえんであり、ここの二通の書状のごとく、文芸研究にも文書への視野が不可欠であることを再認識させられる。

寺は寺でも密教系の男僧の漢字片仮名交じりの宣命書きに多くなじんでいる者には、仮名消息の解読はまことに難渋するが、でも何が出てくるかわからない。たった一通の書状が今まで不明だったことを、一条の光明のようにあざやかに照らし出してくれる。その資料との出会いが運命的なことに思えてくる。埋もれた文書の方もまるで日の眼を見るのを待ちこがれているかのようだ。吉備真備が長谷観音の霊験による蜘蛛の糸に導かれて『野馬台詩』を解読できたように、ひたすら資料に導かれるまま、世界がひろがってゆく。

尼寺の調査は宝鏡寺を始発にいろいろ動きつつある。今しばらくは資料の奔流に身をゆだねるほかなさそうだ。

8　文庫調査から見る近代

2002年
岩波書店
『近代日本の文化史』月報二号

四国讃岐の名刹、善通寺の典籍調査にかかわって一〇年以上になるが、毎年夏に膨大な真言密教を主とする聖教類を一点ずつ見ていて、いろいろなことに気づかされる。聖教類は前近代の写本・版本が中心で、古いものは一一世紀の延久年間にさかのぼる一方、なかには明治期の刊本や大正昭和の写本もまじっている。今日現存する聖教を集約したのは幕末明治期に善通寺を復興させた学僧旭雅であったから、当然同時代の資料もすくなからず入っている。表紙や装幀は近世の版本と変わらなくても、中身は活字になっていたり、古いものを少しずつ脱ぎ捨てるように、ゆるやかに出版の近代化が進んでいく過程が手に取るようにわかる。この種の変化は多くの文庫や図書館の蔵書にもみられるであろうが、善通寺の資料を見ていて、それまで種々書き込みされていたものがある段階でぴたりと止まってしまうことに気がついた。つまり学僧たちがそれら和装の写本や版本をもとに学んでいたのが、ある段階でとだえてしまうのである。何年のいつからと具体的には提示できないが、およそ明治の二、三〇年代辺りが境になっているように観察される。これもゆるやかに徐々に変わっていったはずで、もっと時差があるかもしれない。

その変化の意味するものは何か。廃仏毀釈によって大打撃を受けた仏教界が近代化をめざし、西洋の宗教学を取り込んだり、漢訳仏典からサンスクリット語の原典主義に切り替えたり、後の大正新修大蔵経など活字本が普及したり、活字以前の聖教を実際手にとって見ることがなくなった、その必要がなくなったからであろう。要するにそれら聖教は活用されなくなり、置き去りにされたわけで、その段階から生きた聖教は死せる文化財になった、といえる。もちろんそうした和本の聖教をもとに研鑽を積んでいる学僧は今もいるけれども、どちらかといえば少数派であろう。大半の聖教は文字通りお蔵入りとなって、ふだんは日の目をみることがなくなった。それゆえそのままタイムカプセルのごとく今日に生き残ったといえるし、我々ごとき俗人が直接資料を手にすることができるようになったともいえる。もとより大事に保管されてきたからこそ今日に伝わったわけではあるが、存在意義が変わってしまったことは否めない。

聖教類から離れ、書き込みをしなくなった時点、その転換点こそひとつの近代のはじまりではないだろうか。書き込みがぷつりととだえる、その余白に近代の断面が見えるように思える。それはあたかも明治二〇年代前後に出版文化が活字テキストに変わることともほぼ対応しているのではないだろうか。

明治期はまさに書物の歴史においても一大転換期であった。たとえば、今では信じられないが、和古書写本の洋装本がある。装幀は洋装のハードカバーだが、中身は肉筆で書かれた写本であったり、近世の本版本だったりという不思議なテキストがげんに存在するのだ。この種の本は一九八七年、イェール大学の朝河コレクション調査の折りにはじめて見た。明治四〇年（一九〇七）に当時イェール大学教授の朝河貫一が集めたもので、日本で洋装に仕立ててからアメリカに送ったという（バイネッキ・ライブラリィの日本イェール協会コレクションは洋装ではなく原装のままである）。一九九八年から調査を継続しているワシントン議会図書館の朝河コレクションも、同じ年の同じ装幀であった。まだ確認していないが、東大の図書館にもこの種のものがあるそうで、おそらく洋装にしなければ書物として認知されないような歴史があったことをうかがわせる。朝河収集本があえて日本でそういう装幀に変えられたことに、西洋文化に対する負い目のようなものを感ぜずにはいられない。

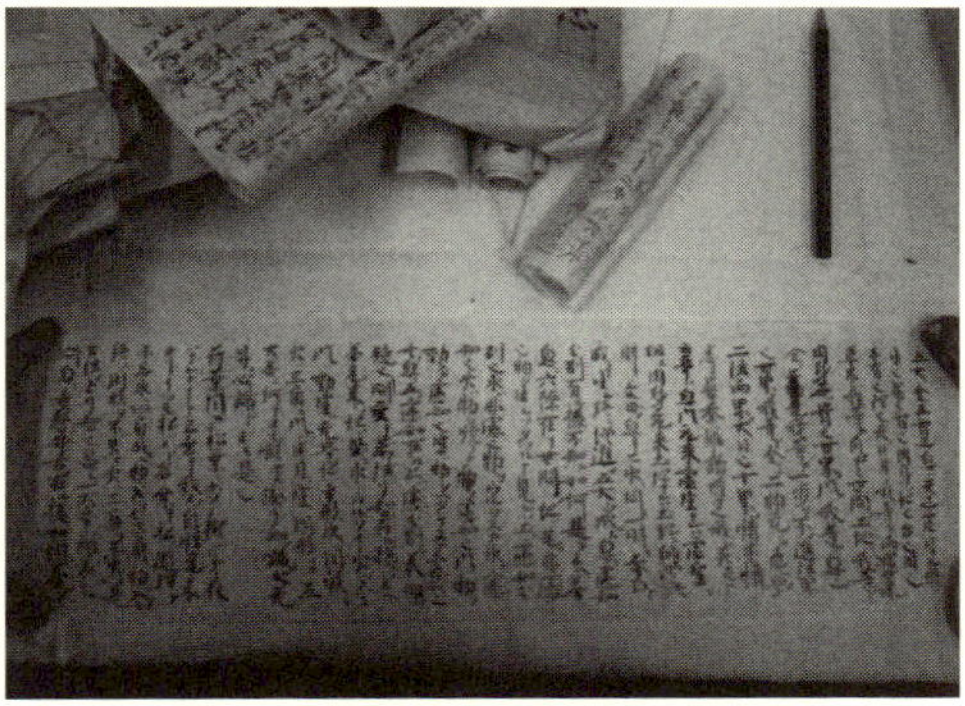

善通寺の資料より。

　とりわけこれらの洋装写本で残念なのは、しばしば原装の表紙がはぎとられていることだ。時として原表紙が残っている場合もあるが、ない場合の方が多い。

原表紙をはぎとり、捨て去るのは、もはや和本が和本でなくなることを意味する。いわば、顔がなくなるのに等しい。和本の書誌調査の場合、表紙の色模様や外題の有無や題簽の如何など、表紙に関する情報がその本の素性を知る上で重要な要素を占めている。はじめてこれらの洋装写本にふれた時、いいしれぬ違和感にとらわれた記憶がある。後の議会図書館の調査ではむしろこの洋装仕立てが朝河収集本の指標となり、なつかしいものに変貌していた。日米交流のひとつの絆のように思えたものだ。いずれにしても、原装の表紙をはがされた洋装和本こそ近代化を象徴するテキストといえないだろうか。

もうひとつ、朝河収集本の特徴として、当時の写字生の写したものが少なくないことがあげられる。今となれば、人間コピーとしかいいようがないが、写すという行為や文化のもつ意義をあらためて教えてくれる。これも明治期の書物の成り立ちから注目されることで、埋もれた多くの名もない写字生の文化はいずれ再発掘する必要があるだろう。

写字生の文化でいえば、南方熊楠の名をあげなくてはならない。これも一九九四年からその蔵書や資料調査に出かけているが、比喩的にいえば熊楠の残したものすべてに熊楠がかかわっていることに驚かされる。本人が書き残したものだから当たり前の話と思われるかもしれないが、蔵書の書き込み、ノート、原稿、書簡、日記等々、何から何まで熊楠のネットワークでつなぎとめられている。まさに「熊楠は細部に宿る」というほかない。つまり熊楠の何かを取り上げると、とたんに彼の残した記録やメモや手紙やなにやらがうなりをあげて自己主張をはじめ、つらなりうねりあい、からまりあい結びあってくる。それが目に見える形でつかめるのである。

とりわけロンドン時代の大英図書館で洋書を抜き書きした『ロンドン抜書』、神社合祀問題の渦中で写し続けた『田辺抜書』などはまさしく彼の知の源泉であった。それら抜き書きにまた熊楠の書き入れがあり、それがまた別の資料と結びついてくる。抜き書きと書き込みは学の基本であり、別に熊楠だけの特徴ではない。が、抜き書きと書き込みが錯綜しあう具体相を掌握できる例はそう多くはないのではないか。熊楠が写した本は写本だけではない。むしろ活字本の方が多いかもしれない。活字本を筆でひたすら写す、いわば活字と筆写が転倒したかたちで熊楠写本が誕生する。国史大系本や史籍集覧本を書写した『今昔物語集』が好例である。それらの抜き書きに書き込みが重層する。そういう運動体として熊楠のテキストは立ち上がってくるのである。

ひたすら前近代に遡行したいと願いつつ、資料調査から見えてくるのはそうした近代の諸相でもあることに、この頃ようやく眼が開かれつつある。

9　メディアと文学表現

――日本文学科創設四〇周年・大会シンポジウム報告

1996年

「立教大学日本文学」七十七号

九十六年度の立教日本文学会大会は、日本文学科創設四十周年を記念し、はじめての試みとして、従来の講演ではなくシンポジウム形式がとられた。何分にも学年があらたまってからのあわただしい企画で、急場しのぎの誹りをまぬがれず、しかも財政逼迫の折り、充分な謝礼も用意できぬとあって、いきおい身近な頼みやすい人に講師をお願いすることになり、おまけに当日は研究発表後の限られた時間しかなく、講師の問題提起を受けて論議する余裕に乏しく、きわめて不本意なかたちで終わらざるをえなかった。

しかしながら、そこで議論されかけたテーマはいずれも今日の研究状況で逸することのできない重要な課題であり、シンポジウムを開いた意義はおおいにあったと認められる。すくなくとも、今後を展望しうるひとつの画期にはなったのではないかと思う。

シンポジウムのテーマ「メディアと文学表現」は、最近多方面で議論されるメディア論を意識したものであり、各時代ごとのメディア（表現媒体の意）がどのような表現をうみだし、展開していったかをさぐろうとしたものである。文学といわれるものが多様な時代社会のなかでどのような位置と意味をもっていたのか、またどのように機能し作用していたのか、という課題にも通じ、ひろく古代から近代まで縦断しようとしたわけである。

ことに近年、文学そのものが相対化され、その根拠が脆弱化し、以前のような文学研究を至上とする特権的な座に安住しにくくなっている。歴史、宗教、民俗、美術、芸能など、さまざまな分野の研究者の交流が活発化し、知の越境、脱領域の研究状況が多方面にひろがっている。単一の作家や作品に埋没するだけの閉塞的なありかたを脱却し、時代やジャンルの敷居を越えた新しい地平を切り開くことがもとめられていよう。

日本文学に限っていえば、古典と近代という枠組みを見直し、踏み越えていく必要があろう。古典と近代の研究者が互いに無視しあい、無縁なまま没交渉であるのは不幸なことだ。古典と近代という枠そのものを不断に検証し、相対化しなくてはなるまい。以前、語り論が通時代の課題として論議されように、双方の壁をつきぬけ、風通しをよくする研究環境や出会いの場がもとめられよう。その意味でも、メディア論は既成の文学研究を対象化する上で、ひとつの指標となるテーマだ、といってよいだろう。

個々の課題は講師の方々の要旨をお読みいただきたいが、時代を越えて共通して浮かび上がってきた問題に、音声と文字、もしくは語ることと書くことの相関があったことが最も印象に残った。噂や口頭伝承が文字化される意味、口伝や問答の場の機能、あるいはテキストの音読と黙読の差異等々、時代を通底する課題であろう。今やマルチメディア、電子テキスト化が急速に進み、それまで疑われることのなかった書物そのものが存亡の危機を迎えそうな時代を予感させる現況になってしまった。二十世紀も終わろうという時代になって、書物とは、テキストとは何か、という基底の問いかけからはじめなくてはならなくなった。今度のシンポは、いわばその問いを〈メディアとしての書物〉というかたちでとらえかえすことにもなった。

若者の活字離れといわれてすでに久しく、国文専門の有名な出版社がこの夏、ついに傾いた。その一方で、相変わらず書店には多くの本があふれかえり、コピーの消費はすさまじいものがある。たしかに本は売れないかもしれないが、文字の文化が消えるわけではない。声の文化がそれにとってかわる程、力や熱量があるわけでもない。相互の交錯やずれをどうみきわめていくか。音声と文字との交差は、人が生き続ける限り担わなくてはならない、古くて新しい課題であり続けるであろう。メディア論はその課題に取りつく恰好の通路となるはずだ。

〈メディアとしての書物〉―写本から版本へ、版本から活字本へ、そして活字本から電子本へ。何が変わって何が変わらないのか。中世の写本を手にしながら、コンピューターに向かうという、いいしれぬ違和感に宙づりされたまま、二十世紀は暮れてゆくのであろうか。電子テキストへの急激な転換にあって、テキストを読むとはどういうことなのか、根源的な問いをあらためて突きつけられる。音読から黙読への転換や双方の重層というレベルとも異なる、あらたな次元の問題であろう。そこでは、〈読む〉行為が避けがたく変質していかざるをえない、という予見をおさえがたい。電子テキストはいかなる新たな読みをもたらすのか。たとえば、瞬時に用例が検索できるとすれば、いちいち例をさがして本文に当たる手間がいらなくなる。その反面、文字通りテキストを読む必要がなくなってしまう。もはやひきかえせない地点に来つつある不安と期待が複雑に入り混じりあう。

ここ数年、南方熊楠の蔵書や彼の書き残した資料の調査にかかわっている。ロンドンや田辺でのおびただしい抜書を見てはため息をついている。熊楠にとって本を写すことが読むことだった。熊楠に限らず写本時代とはそういうものだった。熊楠はそうした写本のメディアに生きていた。手で写す作業からいろいろなことが見え、ひらめいてきたに違いない。ワープロやコピー時代の我々はほとんど書写という行為を忘れかけている。わずかに写経に生きているぐらいだろう。仏教では写すことも修行なのだった。

近代の活字本のはたした役割はいうに及ばないが、近世の版本による出版文化のひろがりとレベルの高さは、日本の近代化におおいに貢献したはずだ。しかし、その一方で写本文化が深く息づいていたことも見落とせない。写本と版本とで読み方ははたして変わるのだろうか。熊楠の洋書から漢籍、和書にいたる蔵書の山を見ていると、読む行為の根源はいつ何がどうなろうと少しも変わらない、という気もする。

また、熊楠の残した膨大な書簡を見て、今の我々が失いつつあるメディアとしての手紙に

南方熊楠顕彰館から熊楠旧邸を望む。

ついても考える。熊楠にとって、特定の相手を意識して書き、かつ読む書簡は重要な表現媒体であった。フランスの友人パスカル氏にいわれた、西洋に比べて日本の手紙の歴史の古さ（和歌の贈答も含めて）、その前提となる和紙の質や普及率の高さをあらためて思う。あるいは絵巻という日本独特のテキストについても、美術品としてではなく、冊子の絵本との形態の差異や絵画と文字の相関とあわせ、メディアとしてもっと論じられてよいだろう。

熊楠の蔵書のいたるところに書きつけられたメモや書き込みの凄み、貼り込まれた新聞の切り抜きの呼びかけるもの等々、熊楠にとっての〈読む〉愉楽について、あれこれ思いをめぐらす。近代の出発点にあった熊楠は、まさしく写本・版本・活字本の交差する時代を生きた。その〈学〉と〈知〉の衝撃度の深さをいかにひきうけることができるのか。シンポ以来そんなことを考えている。

シンポでは出版の問題も欠かせず、近世の専門の方にも講師に加わって頂くべきだったと反省している。ともあれ、一大学の限られた学会ではあるが、近代と古典の枠を越え、さまざまな専攻の人々が出会い、議論する場として、このシンポは貴重であった。できれば、今後もいろいろなかたちで展開していければ、と期待する。

お忙しいなか、講師をひきうけて下さった三人の方々(小島孝之・山田洋嗣・山田俊治)に御礼申し上げる。

10 異文化交流と翻訳の東西
——日本文学科創設五〇周年記念国際シンポジウム第三セッション報告

2006年
立教大学日本文学科創立五〇周年記念国際シンポジウム「21世紀の日本文学研究」報告書

かつての日本文学研究は、国風文化論や鎖国文化論に象徴されるように一国中心の閉じられたものであり、伝統的な国学の思想や方法をひきつぎ、近代の国民国家論的な立場にもとづく日本文化と日本人のアイデンティティのよりどころとして追究され、深化してきた。しかしながら、今や「日本」と「文学」そのものの根源が問い直され、見直される時代となり、自然科学や実利主義の学問領域の偏重や文学の教養主義の脱落などによって、人文学や文学研究の危機が叫ばれるようになった。

こうした時代の潮流とともに、一方で海外の研究者や留学生との交流は盛んで、内外で開催される国際学会がますます増えている。また、歴史学では国際関係史の分野が急速に進展し、今までのナショナルアイデンティティと異なる歴史像を描き出しつつある。そのような歴史学に比べて日本文学研究の分野はいまだに時代別やジャンルに根ざした研究が主導的であり、それをいかに相対化し克服し、世界に発信できるかが問われていよう。

そのためには日本文学を異文化との交流にもとづく複合的で多面的な世界としてとらえな

おし、読み替えることが急務であり、その最も基本的な課題である翻訳の意義も再検証したいと考える。翻訳はたんに言葉の表面的な置き換えではあり得ない。文化総体に深く根ざすものであるし、言語だけではなくイメージの翻訳も指標になり、それらがあらたな文学を生み出す力学となる。異文化との交流や葛藤こそ文学や文化の源泉であり、時代や地域を超えて貫流しており、日本は日本だけではたちゆかないことは自明である。とりわけ近年関心がひろまっている東アジアからの視座は不可欠であり、これをさらに欧米との文化接触や衝撃の問題にまでおしひろげて、通時代の観点から追究していきたいと思う。

以上のような観点からシンポジウムを試みたが、大変刺激的な盛り上がりをみせて成功裏に終わることができた。以下概要と触発された課題についてふれておこう。まず初日のジョシュア・モストウ氏と石崎等氏の基調講演は一方が和歌の英訳、一方が旧植民地の朝鮮を扱ったもので、本セッションの異文化交流と翻訳の問題にまさしく合致していた。モストウ氏の講演では、小野小町の有名な「花の色はうつりにけりな」歌をめぐって、実に多くの英訳がなされていることを知った。もとの和歌はひとつなのにそこからあらたな〈うた〉がまた多種多様に生み出される縮図を見る思いだった。あたかも仏からたくさんの化仏が発せられるように、化仏はもとの仏と同じでありつつまた異なるという相貌と符合する。それら多彩な翻訳がまたどのような文芸や文化創造につながったのか、何をもたらしたのか、をさらに知りたいものである。石崎氏の講演では、高浜虚子の『朝鮮』を中心に植民地という異文化を見る同化と異化のまなざしが取り出され、文学言説の力や意義が照射されていた。お二人の講演の交差上に本セッションも位置づけることができる。

翻訳は古くて新しい重要な基底の問題であり、第一に前近代における漢文訓読そのものが翻訳にほかならず、翻訳は常に文化の問題である。一九八〇年代に翻訳の文化論が流行したように、海外との交流が活発になるにつれ、ますますその意義が問い直されるようになった。第二に、歴史学のとりわけ社会史研究や国際関係史の進展によって単一の日本から複合的多面的な日本像が取り出されるようになったことがあげられる。とりわけ立教大学では二〇〇〇年に立教大学日本学研究所が発足し、史学と文学を中心に活動を展開している。一国中心のナショナルアイデンティティの相対化や見直しが進み、鎖国論や国風文化論の根本的な批判、琉球・沖縄や蝦夷・アイヌへの視座欠落への反省などを通して、研究動向は東アジア論へ大きく回転している。石崎講演はその典型である。

また文学の翻訳論は比較文学研究を必然化する。個人的には「異文化交流の文学史」を構想しているが、従来の和漢比較文学研究はややもすれば日中中心で、一対一対応の日本受容論が大勢であった。金文京氏を中心に東アジアの漢文文化圏が提唱され（『文学』特集「東アジア―漢文文化圏を読み直す」二〇〇五年十一、十二月）、琉球や朝鮮半島はもとよりベトナムまで視野に入れた研究方位が開拓されつつある。これにあわせて、池宮正治氏の一貫した琉球文学研究がどう東アジアに再定位されるか今後の課題となろう（『国文学解釈と鑑賞』特集「琉球文学の内と外—東アジアの視界」二〇〇六年十月）。琉球特有の歌舞劇の組踊も従来の能や歌舞伎との対応ばかりでなく、中国との関連から見直されつつある。張龍妹氏の怪異小説の報告はまさにこの東アジアの路線に沿ったもので、今後のあるべき研究のひとつの指針たりえていよう。文明載氏の専攻する『今昔物語集』なども今後は東アジアを体現したテキストとして積極的に読みかえていけるであろう。

近代文化を前代と画するおおきな契機は西洋との出会いであるが、それはすでに十六世紀からはじまっていた。キリシタンの渡来がそれで、米井力也氏のキスというしぐさの文化の報告は、一種の文化衝突の断面を切り口鮮やかに浮き彫りにさせたといえる。さらに成恵卿氏のイエーツの「鷹の井戸」と能をめぐるテーマも興味深く、西洋との比較文化論がこれもまた一方位の受容論になりやすいのに反して、双方向からの検証を可能とするあらたな地平を拓いている。米井報告と成報告とはまさに西洋とアジア・日本とのベクトルが双方向からクロスするかたちになっている。

さらに、成報告がことばの身体芸への翻訳であり、絵画図像のそれでもあることを明らかにし、米井報告でも図像イメージが重要な媒体となっていた。翻訳が言語レベルにとどまらず、メディア、媒体の翻訳でもあることを再認識させてくれる。第二セッションの源氏文化論もまた時代を超えて『源氏物語』が増殖され続ける加工、再生産と解釈共同体の課題であり、ひろき翻訳論ともみなしうる。

文学に立ち返れば、何が翻訳されて何がされないかの問題は、かつてシラネ・ハルオ氏らが提起したカノン論にかさなる。海外の翻訳で『源氏物語』が突出するのはまさに正典の問題にほかならない。『源氏物語』の英訳はすでに複数出ているが、これに対してたとえば、『今昔物語集』はいまだに抜粋の部分訳しかない。近時、周作人を中心とする本朝部の中国語訳が見つかり、ベトナム語や韓国語の翻訳も進められつつあるようだが、多くは今後にゆだねられている。カノンはおのずと非カノンの問題とかかわり、第一セッションの大衆性、大衆文化論との回路もみえてくるだろう。

文学作品の翻訳と同時に、その研究の翻訳の問題もこれに深く関連する。日本の研究書の翻訳はまだまだ少ないのが現状で、翻訳によって他領域との連携、共同研究がさらに可能となるはずであり、世界への発信が今後はよりもとめられるだろう。それと同時に海外の研究者の水準が飛躍的に高まり、日本文化研究は日本人だけでやっていればよいという時代ではなくなったことを痛感する。たとえば、中世の語り物『大職冠』のテキストとイメージを総合的に探究したドイツのメラニー・トレーデ氏の単著（二〇〇三年）はこれに匹敵する日本の研究がない。英文であるため早急に日本語訳で公刊されなければ研究が進まないといってよい。これに加えれば、数年前、北京日本学研究センターのシンポジウムで翻訳がテーマになったことがあるが、現場の日本語教員の翻訳の問題が背後にあり、教育の問題としての切実さを知らされた。ツベタナ・クリステワ氏の提言も文化コードにかかわる翻訳の往復運動の研究方位にかかわるものとして刺激的であった。

世界の文学としての日本文学とその研究が未来に向けてひろがりうる可能性を体感できたシンポジウムであった。お忙しいところ参加された方々に深謝したい。

11　受賞と大曽根先生の思い出

2006年

日本古典文学会々報別冊
『日本古典文学会のあゆみ』

賞をいただいた頃は四国の徳島大学にいた。古き良き教養部であった。まだプロペラ機で橋も架かっていない時代、東京との距離は遠かった。その距離感覚が、逆に研究にじっくり取り組める余裕を与えてくれたように思う。受賞はその後の研究のおおきな励みになった。内定のハガキを手にした時の感激は今も鮮明に記憶に残る。将来を担う若い研究者たちにとって、そういう機会がなくなってしまうのは残念でならない。

授賞式で思い出されるのは、大曽根章介先生のことである。授賞の推薦文を読んで下さったのが先生であり、またその時はじめて小田原高校の大先輩であることがわかったからである。折しも、東寺観智院蔵『注好選』がみつかった頃で、さっそく写真をお借りした時の興奮は忘れがたい。国文学研究資料館に移ってから、先生のおられた中央大学にも非常勤で十年通った。毎週、休憩時間の談話が楽しみで、そのたびに、「大江匡房全集をやろう」といわれた。今もその声が耳に残る。研究対象は東アジアの漢文説話にもひろげつつあるものの、はたして先生の想いをいつ実現できるのか、心もとない限りである。

12　川平均ちゃんから川平ひとしへ

2008年

川平ひとし『中世和歌テキスト論』栞
笠間書院

川平氏とは同年齢で学年は彼の方が一年上であった。学部時代は全く縁がなく、大学院で出会った。一九七一年のことである。大学院の演習は伊地知鐵男、国東文麿両先生の合同ゼミで『太平記』を読んでいたが、大人数のせいか格別に親しく話す機会もなかった。新入生の研究紹介で誰かが吉本隆明の共同幻想のことを話した時、川平氏がすぐに反応して「あれにはだまされないように」と強弁したことが妙に印象に残っている。みずからその影響を強く受けたことを自省する深層の屈折をのぞかせるような一言であった。

第二の出会いは早稲田実業である。私が七三年、川平氏がその二年後に赴任した。私より一年前にこれも同年の渡辺秀夫氏がいて、古典の若手三人組となった。博士課程に在籍しながらの専任教員でまだ三人とも二十代後半、研究に教育に文字通り切磋琢磨しあう全力投球の日々であった。秀夫氏はヒデオ、川平氏はキンちゃんと呼んでいた。たまたま教員室で私がキンちゃんと呼んでいたのを生徒が聞きつけ、生徒からもキンちゃんと言われるようになり、本人は「小峯のせいだ」とえらく嫌がっていた。後年、名前を「ひとし」という平仮名表記に変えるのもそれが原点ではないかとひそかに思っているが（論文では八三年頃からであろうか）、本人に確かめるすべを失ってしまった。

早実時代はまさに疾風怒濤というべきで、とにかく若くて元気がよく、よく飲み、よく語りあった。大先輩の平安物語の奥津春男氏以下、漢文学の矢作武、近代の石崎等、石割透等々、錚々たる面々がいた。まさに早実人脈というべきか、自由闊達、意気軒昂、談論風発、知と学に志をたぎらせていた得難い集団であった。そんな環境の中で川平氏は常に冷静沈着、物静かな雰囲気を漂わせていたが、それは仮の姿というべきか、酒宴になるや一転して快活雄弁、ベートーベンのごとき髪を振り乱して歌い踊った。神懸りのごとく突如憑依するかのような感じであった。そして翌朝は何事もなかったかのように平然と机でたばこをくゆらしていた。ちょうど教員室の机が向かい合わせで、双方の本や資料がうずたかく積まれ、お互いの顔がみえないものの、いつも煙が一筋煙突のように立ち上るので、いるかいないかすぐに分かった。当時はかなりのヘビースモーカーであった。和歌文学会の事務局の仕事もやっていて、反和歌史研も作らねばとよく言っていた。生徒からも慕われ、秋の文化祭の全体の責任者をやり、あれこれ取り仕切っていた。結局、彼が早実にいたのは三年ほどで、七八年に跡見女子大に転任した。ヒデオも彼より前に東横短大に転任（現、信州大）、机を並べていた同僚達も櫛の歯が抜けるように一人づついなくなり、私も七九年に徳島大学に移った。

徳島時代、八一年頃に徳島文理大で和歌文学会があり、ヒデオともども我が家に来たのだが、キンちゃんは来るといいつつ、なかなか連絡が来ず、あきらめていたところ、「来てしまいました」とホテルの連絡先を書いたメモが玄関にはさんであった。結局ホテルまで迎えに行って拙宅へ拉致して一件落着したが、要するに連絡がすぐにできない人であった。学会後、和歌山へ資料を見に行くといって朝早く旅立っていった。あちこちよく資料を見に行く人で、早実時代、国語科教員の忘年旅行で三河に出かけた後、岩瀬文庫に一緒について行ったこともある。いつかお宅にお邪魔した時に、資料の写真代が大変だと奥さんの棚木さんが嘆いていたのを思い出す。展覧会もよく出かけていたようで、しばしば思わぬ所で出くわしたこともあった（物部村のいざなぎ流の展覧会など）。

八四年、私が徳島から国文学研究資料館に転任した年、彼はちょうど研究休暇で一年間、京都大学におり、近くのアパートに単身で住んでいた。二度ほど泊まったことがある。御所の梨の木神社に自転車で水を汲みにいったり、買い物をして部屋で飲み明かした。院政期の歌学をもっとやろうと気炎をあげて、おおいに盛り上がった。当時小学生だった息子さんの描いた絵が壁に掛かっていたのを覚えている。

その京都での語らいをきっかけに院政期歌学の研究会をたちあげようという企画を進め、彼を中心に後藤祥子、小川豊生、浅田徹諸氏をメンバーに国文学研究資料館の共同研究に応募したが残念ながら不首尾であった。再度挑戦するといいつつ尻すぼみになり、そのままこの会は立ち消えになってしまったのが残念でならない。

今ふりかえれば、あの時こうしていれば、と思われることが少なくないが、沖縄のことをほとんど語りあう機会がなかったこともそのひとつだ。石垣島の出身で、まさに観光で有名な川平湾の「川平」である。小学生の時に上京したわけだが、彼は沖縄をどう見ていたのだろうか。九〇年に琉球大学へはじめて集中講義で出かけた時、琉球歌謡を専攻している石垣島出身の玉城政美氏と会ったが、小学校で同期だった川平氏のことをおぼえていた。後で彼にそのことを話したがさほど反応を示さなかった。

沖縄のことをあまり語らなかったこともあわせ、ある段階から彼は早実時代のごときつきあいをしなくなった。たばこもやめ、飲み歩くこともなくなったようだ。和歌や中世の学会にはまめに足を運び、積極的に発言していたが、人とのつきあいに一線を引いたのだな、と思った。キンちゃんから川平ひとしへの変貌といってよい。次第に縁が遠くなったが、九八年にニューヨークのコロンビア大学でバーバラ・ルーシュ教授主催の尼寺シンポジウムがあり、ご夫妻で参加されていて、久々に語り合う機会がもてた。前年に研究休暇でコロンビア大学に滞在していた縁とのことで、その時の発表は人生の階段図を使った興味深いものだった。十界曼陀羅図をめぐって話がはずんだが、結局はそれきりになってしまった。

また、これも直接意見をかわす機会はなかったが、二〇〇三年に出た論集『偽書の生成』(錦・小川・伊藤編、森話社)では名をつらねることができた。書くのか書かないのかはっきりせず、さんざん気をもんだのだが、論考も翻刻も掲載、特に論文は定家偽書を中心に署名をめぐって縦横に論じたもので、深い思索と射程の奥行きに富む、喚起力に満ちた力作であった。幻に終わった院政期歌学研究会の延長に集約された成果のようにも思えた。

最後に会ったのがいつだったか記憶にない。会ったとしても学会などで顔をあわせて少し話す程度でしかなかったろう。亡くなる前年に資料館の会議で彼と同僚の神野藤昭夫さんから病状が思わしくないことを聞いてひどく動揺したが、どうことばを伝えていいかわからず、忙しさにかまけてそのままになってしまった。あの濃密な早実時代はもはや追憶の彼方であり、京都の下宿での深更の語らいは、得難い記憶の財産となっている。あの時の彼が私にとって最後のキンちゃんだったのかもしれない。

二〇〇六年、亡くなった半年後の中古文学会四十周年記念のシンポジウムで、冒頭に彼の『和歌文学研究』の遺稿「内なる他者性」を引用した。ささやかながら私なりの追悼の意味もあったが、彼の追究していた問題の深度やひろがりをどこまで受けとめられるか、今後引き受けるべき課題の提言のつもりでもあった。「内なる他者性」ということばが、彼の肉声から発せられる響きをともなって耳から離れない。還暦を迎えて今も研究を続けていたら、どんな論文を書いただろうと、無念の想いが募るばかりである。

13 鎌倉を歩く

――新入生歓迎文学散歩

『立教大学日文ニュース』十五号　**2010年**

新入生歓迎の文学散歩も今年で四年目、日文恒例の行事となりつつある。今までは浅草、両国、深川と、江戸東京の下町を中心にまわり、近世や近代のエリアにかたよっていたが、今年は私が担当になったこともあり、東京を飛び出して一気に鎌倉まで出かけ、鎌倉時代の名の示すとおり時代も中世へさかのぼる旅となった。雨男の割りにはお天気にも恵まれ、新緑の鮮やかなさわやかな一日で、教員は私と藤井淑禎先生の二人、新入生は二十数名。見学コースや時間配分、食事の手配など、すべて細々としたことは、藤沢が地元の院生の粂汐里さんにお願いし、同行してもらった。

五月十六日（日）午前十時にＪＲ鎌倉駅で集合、当初は四十名近くの参加希望があったが、無断欠席が十人以上もいたのは今後の課題となる。まず、鎌倉の見学といえば鶴岡八幡宮。八幡は本来、外敵を防ぐ守護神で皇祖神アマテラスと並ぶ国家神、それが武神として源氏の氏神にもなり、航海の神として漁村や港市などにも多く祀られるようになった。頼朝が鎌倉に幕府を定めたことで鶴岡八幡宮は名実ともに鎌倉の中心となった。そのまた象徴ともいえる、階段左脇にそびえ立つ大銀杏の樹が、今年突然倒れた。折しも海外にいる時で、このニュースを知って何かの前兆のように思えてならなかった。三代将軍の源実朝を暗殺した公暁がこの樹に隠れていて実朝を斬りつけたとされるが、銀杏の伝来は室町期であり、実朝暗殺事件の時にはまだ銀杏はなかったことになる。これもまた巨樹幻想のなせるわざなのであろう。

この大銀杏の樹がなくなったため、今まで見たこともない光景が現出した。八幡宮に登る階段の左側面がまるまる見えるようになり、空いた状態が落ち着かないことはなはだしい。また倒れた樹の幹が周囲にしめ縄をはられて祀られていた。無残な残骸のようでもあり、それ自体神々しいオーラを発しているご神体のようにも思われた。倒れた樹の元の根株からあらたな芽（ひこばえ）がたくさん吹き出ていて、その若葉の細く突きだした無数の芽が生命の息吹を感じさせ新鮮だった。倒壊した巨木の前で記念写真を撮ったが、たまたま傍にいた人にシャッターを頼んだら、藤井先生の近所の人だったというのも変な縁ではあった。

ついで境内にある鎌倉国宝館を見学、ここは鎌倉にある寺社の仏像、絵画などを集めた貴重な宝庫であり、個人的には中世の『頬焼地蔵縁起絵巻』が展示されていたのが有り難かった。鎌倉に来たら必ず見学すべき所であるが、意外に訪れる人が少ない。見学後、段葛の入り口と出口との二箇所に分かれて食事、天丼などを食す（人数に大幅な変動があったが事なきを得たのが幸い）。段葛は八幡宮の表参道で、土手のように土盛りが少し高くなった遊歩道で両側に桜並木が続く。一時過ぎに再び集まって鎌倉駅に戻り、江ノ電で極楽寺駅まで。鎌倉に来たらやはり江ノ電に乗りたい。逆コースの藤沢から鎌倉に入るのがいい。湘南の開けた海岸をながめつつ、稲村ヶ崎を経て急に狭隘の家並みを縫うようなコースに入り、鎌倉に至る。いかにも新田義貞が鎌倉を攻めた時のルートのようで七里ヶ浜の古戦場のイメージがわく。江ノ電は今年ちょうど開設百周年、家並みの狭い地を走るのは用地買収に難航したためで、カーブが多いので車両の連結にも独特の工夫が凝らされているとのこと。

極楽寺駅で降りて、その名の極楽寺へ。ここは中世の十三世紀後半、律宗の僧忍性ゆかりの寺で、医療施設もかねていたとされる。西から鎌倉に入る切り通しの極楽寺坂がある交通の要衝でもある。鎌倉は三方を山で囲まれた要害の地、それぞれの出入りのルートの境界に切り通しという坂が切りひらかれた。

そこからはすべて歩いて行動、極楽寺坂を下る時、鎌倉の市街や由比ヶ浜を通して東側がよく見える。御霊神社によって長谷寺へ。御霊神社は義家の家臣鎌倉源五郎を祀る。毎年行われる放生会で、お面をかぶって練り歩く面掛け行列が有名。長谷寺は大和の寺が名高いが、鎌倉にも後に創建された。さまざまな仏像が展示され、縁起の絵巻もあった。極楽寺坂から長谷寺近辺には、八幡太郎義家を祀る甘縄神社や星月夜の井戸のある星井寺など見所は少なくない。長谷寺の奥には、今回はパスしたが鎌倉大仏（高徳院）もある。これも奈良の東大寺の大仏に対抗して造られたのであろう。殿舎はなくなっても大仏だけが残り、なかな

2010年５月、新入生と一緒に。

かミステリアスな歴史を秘める巨大仏である。西の都と東の鎌倉の対比が今もきわだつ。
　最後は中世ばかりでなく、近代の鎌倉も、ということで、鎌倉文学館へ。ここは十九世紀末に建てられた加賀前田家の別荘で、八〇年代に鎌倉市に寄贈され、鎌倉ゆかりの文学者の資料を集めた博物館となった。瀟洒な建築とはるか相模湾を見下ろせるロケーションが心地よい。緑の木々に覆われた景勝の地で、ちょうど名物のバラ園がみごとだった。ダイアナだの何だのと名前をつけた幾種類もの色鮮やかなバラが咲き乱れていた。邸内ではパンチで穴を開けて模様をかたどる栞作りに皆夢中であった。あとはひたすら歩いて鎌倉駅に戻り、四時頃解散。

残った藤井・粂さんと再び段葛に戻って、通り沿いのビルの一角の二階にある「カリッサ」というお店へ。ここは妻の古くからの友人が開いているロシア料理と喫茶の店。久しぶりに立ち寄り、ケーキとお茶で慰労会（私の敬愛する、かつて立教の教授で鎌倉在住の戦国時代史の権威、藤木久志先生も寄って下さったことがある）。かくて文学散歩は終わった。

鎌倉は中世のはじまりを告げるゆかりの地であり、幾たびも戦乱に包まれ、武家の抗争が絶えなかった血なまぐさい地でもある。寺社が狭い地域いたる所にひしめいているのもそうした犠牲者の供養のためで、武家の都市と同時に宗教都市でもある。山の斜面や洞窟のそこここにあるやぐらは埋葬の場所で、今も怨霊がうごめいていそうな妖気が漂う。江戸時代以降は武家の古都として次第に観光地となり、近代には文士、文学者が多く集まり、時代を貫いて様々な遺跡が折り重なり合う。中世の歴史を知ると、実はデートコースにはあまりふさわしくない場所だ、と個人的には思っているが、それ故、ぜひともくり返し訪れて欲しい所でもある。

1997年８月、比叡山でのゼミ合宿で、道案内する謎の黒犬。
円仁を纐纈城から救った犬を連想。

卒業論文集「おそつろんさうし」一覧

◉初出一覧

Ⅰ　中世文学から世界の回路へ

文学研究の意義　古典文学の立場から　『同志社大学国文学会報』36号、二〇〇九・三（鈴木亘氏）
古典学の再構築をめざして　平安文学研究の内なる〈他者性〉『中古文学』第79号、二〇〇七・六
異文化交流の文学史へ　海外資料調査と国際会議
　小島・小松編『異文化理解の視座　世界から見た日本、日本から見た世界』東京大学出版会、二〇〇二・三
中世文学から世界の回路へ　『立教』168号、一九九九
立教大学日本学研究所のこと　『日本歴史』632号、二〇〇一・一

Ⅱ　欧米を往く

イェール大学蔵・日本文書コレクション目録解題　『調査研究報告』11号、国文学研究資料館、一九九〇・三
ワシントン議会図書館の和古書資料　『日本歴史』620号、二〇〇〇・一
議会図書館及びイェール大学所蔵朝河収集本をめぐって
　AASパネル発表、ニューヨークヒルトンホテル、二〇〇三・三
ニューヨークと絵巻　『立教大学日文ニュース』6号、二〇〇一・一二
在米絵巻訪書おぼえがき　『立教大学大学院　日本文学論叢』2号、二〇〇二・九
チェスタービーティー・ライブラリィ所蔵　絵巻・絵本解題目録稿
　『調査研究報告』15号、国文学研究資料館、一九九四・三

Ⅲ　アジアを往く

台北の民間劇場　『日本文学』日本文学協会、一九八六・五

柳絮舞ふ街で　北京の七十九日　『立教大学日文ニュース』4号、一九九九・一二
戒台寺の一夜　『センター通信』66号、北京日本学研究センター、一九九九夏
台北・北京における和古書及び絵画資料についての覚え書き
『中国に伝存の日本関係典籍と文化財』国際日本文化研究センター、二〇〇一・二
中国古塔千年紀　遼の面影をもとめて　『立教大学日文ニュース』13号、二〇〇八・一二
塔は時空を越えて。『東京人』都市出版社、二〇一一・二
馬耳山のお堂の壁画　『Koreana 韓国の芸術と文化』二〇一〇秋号
東アジア・〈知〉の遊学のために―三冊の本　『アジアの〈教養〉を考える学問のためのブックガイド』アジア遊学150号、勉誠出版、二〇一二・五

Ⅳ

日本を往く

男の穂高　『わせだ国文ニュース』37号、早稲田大学国文学会、一九八二・一一
高知県立図書館「山内文庫」『国文学研究資料館報』23号、一九八四・九
琉球文学への旅　『わせだ国文ニュース』55号、早稲田大学国文学会、一九九一・一一
石垣市立八重山博物館　『国文学研究資料館報』40号、一九九二・三
沖縄タイムス記事「ポーランドに琉球絵巻」二〇〇四・九・七
『袋中上人フォーラム』レポート―来琉四〇〇年・その歴史的意義を考える『首里城公園友の会』会報50号、二〇〇五（福島渚氏）
琉球新報記事・あしゃぎ「シャーマンの側面も」二〇〇四・一二・三
尼寺の蔵書　宝鏡寺の場合　『新日本古典文学大系　月報58』岩波書店、一九九五・二
尼寺の調査と源氏物語　『むらさき』34輯、武蔵野書院、一九九七・一二
文庫調査から見る近代　『近代日本の文化史3　月報2』岩波書店、二〇〇二・一
メディアと文学表現―日本文学科創設四〇周年・大会シンポジウム報告　『立教大学日本文学』77号、

一九九六・一二
異文化交流と翻訳の東西―日本文学科創設五〇周年記念国際シンポジウム第三セッション報告『21世紀の日本文学研究・報告書』二〇〇六・一一
受賞と大曽根先生の思い出『日本古典文学会のあゆみ』日本古典文学会々報別冊、二〇〇六・一二
川平均ちゃんから川平ひとしへ　川平ひとし『中世和歌テキスト論　叢』笠間書院、二〇〇八・五
鎌倉を歩く　新入生歓迎文学散歩『立教大学日文ニュース』15号、二〇一〇・一二

小峯和明・略歴

〈生誕〉

1947 年 12 月 10 日 静岡県熱海市上多賀に生まれる。両親が東京から疎開。療養所建設予定地の山あいの番小屋のような家で出生。地元の寺・景徳院の保育園に二年間通う。血液型は AB。

〈学歴〉

1954 年 4 月　静岡県熱海市立多賀小学校入学
1960 年 3 月　同上・卒業
1960 年 4 月　神奈川県湯河原町立湯河原中学校入学
1963 年 3 月　同上・卒業
（隣県に越境入学。そのせいか、後に越境がテーマとなる？）
1963 年 4 月　神奈川県立小田原高等学校入学
1966 年 3 月　同上・卒業
（高三の夏、箱根神社の柔道奉納試合で骨折。ために浪人？）
1966 年 4 月～1967 年 3 月　代々木ゼミナールに通う
1967 年 4 月　早稲田大学・第一文学部入学
（今昔の会で毎週一話づつ読む。大学闘争の時代でデモやストライキが日常化。喫茶店で会を開く。サークルで尺八ばかり吹く）
1971 年 3 月　同上・日本文学専修卒業
1971 年 4 月　早稲田大学大学院・文学研究科日本文学専攻・修士課程入学
1974 年 3 月　同上・修了
1974 年 4 月　同上・博士課程入学
1977 年 3 月　同上・日本文学専攻単位取得退学

〈学位〉

1987 年 3 月　文学博士　早稲田大学

〈職歴〉

1973 年 4 月　早稲田実業学校・専任講師
1974 年 4 月　同上・教諭

1979 年 3 月　同上・退職
1979 年 4 月　徳島大学教養部・専任講師
1981 年 4 月　同上・助教授
1984 年 4 月　国文学研究資料館文献資料部・助教授　配置転換
1995 年 3 月　同上・退職
1995 年 4 月　立教大学文学部・教授
2013 年 3 月　同上・定年退職

〈非常勤・集中講義〉

○非常勤

1985-94 年	中央大学文学部
1985-91 年	埼玉大学教養学部
1986-00 年、03-05 年	早稲田大学文学部（第一、第二）
1993 年	早稲田大学大学院
1992-00 年	武蔵大学人文学部
1993 年、2004 年	立正大学文学部
1996-97 年、2002-03 年	慶応大学大学院
1997-98 年	上智大学文学部
1998-00 年	成城大学文芸学部
2000 年	成城大学大学院
1999-00 年、2002-06 年	鶴見大学大学院
2002 年	東京大学文学部
2002 年	お茶の水女子大学大学院
2003 年	お茶の水女子大学文学部
2004-05 年	上智大学大学院
2004-07 年、2013 年	国際基督教大学教養学部

○集中講義［日本］

1987 年 7 月	信州大学人文学部
1990 年 2 月、1997 年 12 月	琉球大学法文学部
1990 年 7 月	広島大学文学部
1993 年 7 月	秋田大学教育学部
1993 年 8 月	沖縄国際大学文学部
1993 年 9 月、2003 年 9 月	静岡大学人文学部
1995 年 12 月	広島女子大学文学部

1997 年 7 月　横浜国立大学教育学部
2002 年 7 月　九州大学文学部
2007 年 9 月　新潟大学人文学部
2010 年 7 月、2011 年 12 月　福岡大学大学院
2010 年 9 月　愛知県立大学日本文化学部
2013 年 9 月　京都大学文学部

○集中講義［海外］
1999 年 2–5 月、2008 年 10 月　北京日本学研究センター　専家派遣
2001 年 8–9 月　南開大学日本学研究所　派遣研究員
2001 年 9–10 月、2008 年 11–12 月　コロンビア大学東アジア学部　ドナルドキーンセンター・招聘研究員、派遣研究員
2009 年 2–3 月　フランス国立高等研究院　客員研究員
2010 年 6 月　韓国外国語大学校
2012 年 10 月　ハイデルベルグ大学　研究員
2013 年 3 月　パリ第七大学　派遣研究員
2013 年 4 月　ハノイ大学

〈受賞歴〉
1981 年　早稲田大学国文学会・窪田空穂賞受賞
1982 年　日本古典文学会賞受賞

〈海外での活動、講演、国際学会発表〉
1996 年 4 月　アメリカアジア学会・ハワイ　パネル発表「絵巻の物語と絵画」
1998 年 10 月　コロンビア大学中世文化研究所・講演「中世の未来記」
1998 年 11 月　コロンビア大学中世文化研究所・シンポジウム「宝鏡寺の和古書」
2001 年 3 月　台湾大学国際学術研討会「敦煌願文集と日本中世の唱導資料」
2001 年 6 月　フランス高等研究院・講演「中世の未来記」
2001 年 6 月　フランス東洋言語文化研究院・講演「今昔物語集の門」
2001 年 9 月　大連外国語大学学会・発表「絵のなかの言葉」
2001 年 9 月　南開大学日本学研究所・シンポジウム「東アジアの漢文説話」
2001 年 9 月　インディアナ大学・講演「絵巻のイメージとテキスト」
2001 年 10 月　イエール大学・講演「中世の未来記」
2001 年 10 月　コーネル大学・講演「絵巻の物語と絵画」

2001 年 11 月　韓国外国語大学・講演「中世の説話研究の現状」
2002 年 10 月　北京日本学研究センター・学会「今昔物語集の翻訳をめぐって」
2002 年 10 月　コロンビア・大学神道国際学会・シンポジウム「神道集の神仏、中世神話」
2003 年 3 月　アルザス日本学研究所国際会議・講演「イメージの釈迦─物語と絵画」
2003 年 4 月　アメリカアジア学会・ニューヨークパネル発表「議会図書館及びイエール大学所蔵・朝河収集本をめぐって」
2003 年 9 月　ヨーロッパアジア学会・ワルシャワ大学パネル発表「神道集の女性」
2005 年 3 月　コロンビア大学・源氏物語国際シンポジウム「源氏物語と説話・お伽草子」
2005 年 9 月　コロンビア大学・講演「酒呑童子絵巻と権力」
2005 年 11 月　ICU シンポジウム「百鬼夜行絵巻とパロディ」
2006 年 2 月　東大 COE シンポジウム「死の向こう側─身体・イメージ・パロディ」
2006 年 3 月　ソウル女子大学・講演「その後の浦島太郎」
2006 年 4 月　アメリカアジア学会・サンフランシスコ　パネル発表「お伽草子の環境・食文化」
2006 年 6 月　韓国日語日文学会・講演　清州大学「東アジアの仏伝文学」
2006 年 8 月　ブリティッシュコロンビア大学・シンポジウム「旅する聖徳太子」
2006 年 9 月　INALCO・講演「百鬼夜行絵巻」
2006 年 11 月　立教大学日文創設 50 周年シンポジウム「異文化交流と翻訳の東西」
2007 年 3 月　INALCO・源氏物語シンポジウム「源氏物語とお伽草子」
2007 年 3 月　アルザス日本学研究所・シンポジウム「キリシタン文学と天狗」
2007 年 4 月　日仏会館・絵画シンポジウム「釈迦の本地の物語と絵画」
2007 年 5 月　ロンドン大学 SOAS・シンポジウム「見える鬼、見えない鬼」
2007 年 6 月　アメリカアジア学会・日本支部　シンポジウム「絵巻と身体」
2007 年 9 月　北京日本学研究センター・講演「今昔物語集の羅生門」
2007 年 9 月　山東大学日本文学会・基調講演「東アジアの仏伝文学」
青島大学・講演「十二類絵巻を読む」
2007 年 10 月　INALCO・講演「未来記を読む」
第七大学・講演「十二類絵巻の画中詞」

2007年11月　韓国外国語大学校・基調講演「東アジアのキリシタン文学」
2008年3月　ダブリン、チェスター・ビーティー・ライブラリィ学会「絵巻を読む」
2008年3月　崇実大学校・講演「物言う動物たち」
2008年4月　コロンビア大学・講演「釈迦の本地を読む」
2008年6月　パリ第七大学・平家物語シンポジウム「天草本平家物語の世界」
2008年8月　中国東北師範大学・講演「羅生門を読む」
2008年9月　ヨーロッパ日本学会・イタリアレッチェ　パネル発表「精進魚類物語を読む」
2008年9月　アルザス日本学研究所・お伽草子シンポジウム「絵巻の番付」
2008年10月　北京日本学研究センター・講演「東アジアの研究状況から」
清華大学・講演「東アジアの文学圏」
2008年11月　ハーバード大学・国文研シンポジウム「須弥山の言説と図像」
2009年3月　フランス高等研究院　セミナー「聖徳太子未来記を読む」
2009年3月　ライデン大学・講演「お伽草子の動物たち」
2009年3月　パリ日本館　シンポジウム「お伽草子とパロディ」
2009年3月　ベネチア大学・講演「釈迦の本地の世界」
2009年3月　アルザス日本学研究所・シンポジウム「説話のタブー、タブーの説話」
2009年11月　インドネルー大学・日文研シンポジウム「須弥山の図像と言説」
2010年1月　立教大学・環境文学シンポジウム「南方熊楠と熊野世界」
2010年2月　ロンドン大学SOASシンポジウム「南方熊楠と比較説話学」
2010年3月　北京日本学研究センター・基調講演「東アジアの今昔物語集」
2010年6月　韓国外国語大学校・講演「吉備大臣入唐絵巻を読む」
2010年6月　韓国日語日文学会・講演「龍宮と冥途―志度寺縁起の世界」
2010年9月　アルザス日本学研究所・講演「狂言と笑い」
2010年9月　INALCO・講演「日本文学と笑い」
2010年9月　フランス国立図書館　セミナー「くずし字を読む」
2010年10月　北京日本学研究センター30周年・招待シンポ「日本学の未来」
2010年11月　ベトナム漢喃研究院・基調講演「東アジアの今昔物語集」
2010年11月　韓国建国大学校・講演「幻想の異文化交流―往く人、来る人」
2011年5月　韓国延世大学・講演「説話の口伝と聞書」
2011年8月　ルーマニア・クリスチャン大学・シンポジウム「釈迦の本地と須弥山」
2011年9月　コロンビア大学・国文研シンポジウム「龍宮をさぐる」

2011 年 10 月　コロンビア大学・宗教文化シンポジウム「涅槃会をめぐる」
2011 年 11 月　INALCO・基調講演「〈予言文学〉の世界、世界の〈予言文学〉」
2012 年 2 月　中国人民大学・基調講演「琉球神道記を読み直す」
2012 年 7 月　清華大学・シンポジウム「天竺をめざした人々」
2012 年 8 月　中国日本文学会・蘭州大学・講演「釈氏源流と釈迦の本地」
2012 年 10 月　ハイデルベルグ大学・セミナー「絵巻の世界」
2012 年 11 月　ハノイ大学・セミナー「絵巻の絵と言葉」
2012 年 12 月　韓国崇実大学・説話シンポ・基調講演「東アジアの今昔物語集」
2012 年 12 月　北京日本学研究センター・講演「朝鮮の説話、説話の朝鮮」

小峯和明・著作論文目録［2012年12月現在］

［凡例］
・本目録は著書、論文、小文等を初出年順にしたものである。
・新聞、雑誌等は「　」、単行本は『　』で示した。
・《　》で、論文以外の単著・単編・共編・校注・監修・科研などを区別して示した。
・共同執筆者名や対談者名等は割愛した。
・本目録は作成途中のものである。今後改めて「立教大学日本文学」に訂正版を掲載予定である。
［作成］
・笠間書院編集部、吉橋さやか、目黒将史。

【1973（昭和48）年】　26歳

12月　宇治拾遺物語の達成 ……………………「早稲田実業学校研究紀要」8

【1974（昭和49）年】　27歳

11月　宇治拾遺物語の伝承と文体（1）―古本説話集との共通話から―
……………………………………………………「文芸と批評」4-3

【1975（昭和50）年】　28歳

2月　宇治拾遺物語の成立と宇治大納言物語……………………「国文学研究」55
8月　宇治拾遺物語の伝承と文体（2）―古事談との交渉への疑問―
……………………………………………………「文芸と批評」4-4
12月　位争い説話から真済悪霊譚へ―説話の歴史― …………「日本文学」24-12
12月　相応和尚と愛宕山の太郎坊―説話の歴史― …「早稲田実業学校研究紀要」10

【1976（昭和51）年】　29歳

1月　宇治拾遺物語の伝承と文体（3）―十訓抄関係話をめぐって―
……………………………………………………「文芸と批評」4-5
6月　今昔物語集における説話受容の方法……………………「国文学研究」59

7月　宇治拾遺物語の伝承と文体（4）—打聞集説話との関連—
……………………………………………………………………「文芸と批評」4-6
10月　《共著》説話文学特集号誌目次一覧
……………………………………檜谷昭彦編『日本の説話』（別巻）東京美術

【1977（昭和52）年】　30歳

9月　今昔物語集の「端正」と「美麗」—美的語彙をめぐって—
……………………………………………………………………「日本文学」26-9
12月　『今昔』『宇治拾遺』共通話をめぐる諸問題 …「早稲田実業学校研究紀要」12
12月　悪逆の報い…………………国東文麿他編『日本霊異記』早稲田大学出版部

【1978（昭和53）年】　31歳

11月　《共著》教林文庫本『三井往生伝』翻刻と研究
……………………………伊地知鐵男編『中世文学　資料と論考』笠間書院

【1979（昭和54）年】　32歳

6月　前田家本『三宝感応要略集』と『今昔物語集』………「説話文学研究」14
6月　『今昔物語集』漢文出典話の表現手法—霊験への眼
…………『論纂　説話と説話文学—西尾光一教授定年記念論集』笠間書院
11月　短信……………………………………………………「わせだ国文ニュース」31

【1980（昭和55）年】　33歳

3月　今昔物語集天竺部の形成と構造…「徳島大学教養部紀要」（人文・社会）15
7月　今昔物語集の語り—その構築性—……………………………「日本文学」29-7
8月　『俊頼髄脳』月のねずみ考—仏典受容史の一齣—………「中世文学研究」6

【1981（昭和56）年】　34歳

3月　今昔物語集天竺部の形成と構造　2
……………………………………「徳島大学教養部紀要」（人文・社会科学）16
4月　説話文学における性表現—今昔物語集を中心に—……「解釈と鑑賞」46-4
5月　今昔物語集における語りの構造……………………………「日本文学」30-5
8月　宇治拾遺物語……………………………………………………「解釈と鑑賞」46-8
8月　大江匡房の高麗返牒—述作と自讃— ………………………「中世文学研究」7
11月　物語の視界50選　をこぜ…………………………………「解釈と鑑賞」46-11
11月　物語の視界50選　俵藤太物語……………………………「解釈と鑑賞」46-11

【1982（昭和57）年】　35歳

2月　金言類聚抄について―仏典類書の成立―　……………………「仏教文学」6
3月　今昔物語集震旦部の形成と構造
　　……………………………「徳島大学教養部紀要」（人文・社会科学）17
4月　今昔物語集の表現構造―光と闇―……………………………「日本文学」31-4
7月　江談抄の語り―言談の文芸―……………………………「伝承文学研究」27
8月　『俊頼髄脳』と中国故事……………………………………「中世文学研究」8
10月　今昔物語集の語りと時間認識………………………………「国文学研究」78
10月　《書評》川口久雄著『絵解きの世界―敦煌からの影―』・林雅彦著『日本の絵解き―資料と研究』………………………………「解釈と鑑賞」47-11
11月　男の穂高……………………………………………「わせだ国文ニュース」37

【1983（昭和58）年】　36歳

1月　逸話で綴る作者一〇〇人の略伝―参議篁―元良親王…「解釈と鑑賞」48-1
2月　研究余滴（27）鰐考……………………………「日本古典文学会会報」95
3月　《シンポジウム》『今昔物語集』の構造をめぐって　…………「仏教文学」7
3月　今昔物語集本朝仏法部の形成と構造
　　…………………………………「徳島大学教養部紀要」（人文・社会）18
6月　今昔物語集の〈今昔〉―語りと時間認識―………………「国文学研究」80
7月　よしなしごと………………三谷栄一編『体系物語文学史』第三巻　有精堂
8月　『俊頼髄脳』の歌と語り……………………………………「中世文学研究」9
11月　《座談会》いま、国文学研究は　…………………「わせだ国文ニュース」39
12月　《座談会》庶民の心をとらえる仏教文学………………「解釈と鑑賞」48-15
12月　《書評》池上洵一著『今昔物語集の世界―中世のあけぼの』
　　……………………………………………………………「日本文学」32-12

【1984（昭和59）年】　37歳

3月　今昔物語集本朝〈王法〉部の形成と構造
　　……………………………「徳島大学教養部紀要」（人文・社会科学）19
4月　今昔物語集〈物語〉論（上）…………………………………「日本文学」33-4
5月　今昔物語集〈物語〉論（下）…………………………………「日本文学」33-5
5月　説話文学の種々相
　　…………稲田利徳・佐藤恒雄・三村晃功編『中世文学の世界』世界思想社
6月　今昔物語集本朝〈王法〉部論補説……………………………「説話文学研究」19

7月　今昔・宇治成立論の現在—宇治大納言物語の幻影など—…「国文学」29-9
8月　大江匡房の往生伝と神仙伝……………………………………「中世文学研究」10
9月　〈この人に聞く〉今昔物語研究と私（国東文麿）……「解釈と鑑賞」49-11
9月　今昔物語集の研究史（昭和30年以降）…………………「解釈と鑑賞」49-11
10月　今昔物語集の表現形成—「頭ノ毛太リテ」を中心に—…「リポート笠間」25

【1985（昭和60）年】 **38歳**

3月　金言類聚抄考補訂 ……………………………………………………「仏教文学」9
3月　今昔物語集の表現形成…………………………「国文学研究資料館紀要」11
3月　《共著》早稲田大学図書館蔵教林文庫目録稿
…………………………「調査研究報告」（国文学研究資料館文献資料部）6
3月　表紙模様集成総索引…「調査研究報告」（国文学研究資料館文献資料部）6
4月　説話文学研究・八十年代の動向と展望
…………………………………「説話と歴史」（説話・伝承学会）桜楓社
8月　大江匡房の狐媚記—漢文学と巷説のはざまで—………「中世文学研究」11
9月　聖 ……………………………………………………………………「国文学」30-10
9月　中世説話文学と絵解き
………編集部編『絵解き（一冊の講座　日本の古典文学3)』有精堂出版
10月　説話文学研究の三十年……………………………………………「中世文学」別冊
11月　《単著》今昔物語集の形成と構造 …………………………………笠間書院

【1986（昭和61）年】 **39歳**

3月　《共著》（翻）早大図書館蔵教林文庫本翻刻—山王関係資料三種
…………………………「調査研究報告」（国文学研究資料館文献資料部）7
3月　大鏡の語り—菩提講の意味するもの…………「国文学研究資料館紀要」12
4月　中世説話集の仏法・王法論…………………………………「日本文学」35-4
5月　台北の民間劇場………………………………………………「日本文学」35-5
6月　宇治拾遺物語と絵巻…………………………………………「説話文学研究」21
6月　説話と絵画……………………………………………………「解釈と鑑賞」51-6
7月　《単編著》『今昔物語集と宇治拾遺物語—説話と文体』…………有精堂出版
8月　唐物語小考……………………………………………………「中世文学研究」12
9月　空海伝…………………………………………………………「解釈と鑑賞」51-9
10月　《書評》森正人著『今昔物語集の生成』……………………「伝承文学研究」33
11月　《書評》森正人著『今昔物語集の生成』………………「解釈と鑑賞」51-11
12月　歴史叙述に焦点集まる—文学研究の自立性の根拠が脆弱化

……………………………………………「週刊読書人」1986年12月22日号

【1987（昭和62）年】 **40歳**

2月　唐物語の表現形成 …和漢比較文学会『和漢比較文学叢書』第四巻　汲古書院
2月　《単著》『今昔物語集の形成と構造』…………………………………（博士論文）
3月　シンポジウム・中世の歴史叙述と虚構―太平記を中心に…「日本文学」36-3
3月　《共著》（翻）早大図書館蔵教林文庫本翻刻―山王関係資料二種
……………………「調査研究報告」（国文学研究資料館文献資料部）8
3月　狭衣物語と法華経……………………………「国文学研究資料館紀要」13
3月　《共著》日吉山王関係目録稿（一）
……………………「調査研究報告」（国文学研究資料館文献資料部）8
6月　今昔物語集の語り―視点の移動
…………平安文学論究会編『講座平安文学研究』第4輯　風間書房
6月　今昔物語集の表題と物語……………………………………「国文学研究」92
6月　《書評》森正人著『今昔物語集の生成』…………………「説話文学研究」22
7月　世俗説話集の語り―『宇治拾遺物語』を中心に
……………………日本文学協会編『日本文学講座』3　大修館書店
7月　《共編著・校注》『今昔物語集』……………………………………ほるぷ出版
8月　『江都督納言願文集』の世界（一）―堀河院追善願文を中心に
………………………………………………………………「中世文学研究」13
9月　（パネルディスカッション）日本文学における〈虚構〉と〈他者〉
……………………………………………………………………「日本文学」36-9
10月　大鏡の語り―菩提講の光と影…………………「文学」（岩波書店）55-10

【1988（昭和63）年】 **41歳**

1月　今昔物語集の直喩表現
………「日本の文学 : Studies in Japanese literature　第2集」有精堂
1月　《共編著》今昔物語集事典・宇治拾遺物語事典 …………「別冊国文学」33
1月　大鏡の語り―語り手と筆記者の位相…………………………「日本文学」37-1
3月　『澄印草等』について―付・翻刻 …………「国文学研究資料館紀要」14
3月　（翻）早大図書館蔵教林文庫本翻刻（三）―山王関係資料三種
……………………「調査研究報告」（国文学研究資料館文献資料部）9
3月　院政期文学史の構想……………………………………「解釈と鑑賞」53-3
4月　《書評》藤井貞和著『物語文学成立史』……………………「国文学」33-5
6月　宇治拾遺物語の〈宇治〉の時空―序文再考………………「日本文学」37-6

8月　『江都督納言願文集』の世界（二）―後三条院関連願文を中心に
……………………………………………………………………………………「中世文学研究」14

【1989（昭和64／平成元）年】　42歳

1月　華厳縁起……………………三谷栄一編『体系物語文学史』第四巻、有精堂
2月　《書評》多田一臣著『古代国家の文学―日本霊異記とその周辺』
……………………………………………………………………………「国語と国文学」66-2
3月　（翻）早大図書館蔵教林文庫本翻刻（四）―山王関係資料二種
…………………………「調査研究報告」（国文学研究資料館文献資料部）10
3月　『水鏡』―仏法思想に基づく史観 ………………………「解釈と鑑賞」54-3
3月　宇治拾遺物語の表現時空―ひしめくもの……「国文学研究資料館紀要」15
3月　中世の歴史叙述研究の軌跡と展望………………………「解釈と鑑賞」54-3
7月　仏伝と絵解き
…………『絵解き　資料と研究（西尾光一先生古稀記念論集）』三弥井書店
8月　『江都督納言願文集』の世界（三）―中宮賢子追善願文をめぐって
……………………………………………………………………………「中世文学研究」15
8月　後世からの逆照射―続本朝往生伝を通して ………………「国文学」34-10
12月　《書評》兵藤裕己著『王権と物語』……「週刊読書人」1989年12月4日号

【1990（平成2）年】　43歳

《科研》安居院流を中心とする中世唱導文芸と仏事法会に関する研究
……………………………………………文部省科学研究費補助金研究成果報告書
1月　きのこの話―説話の本草学 …………………「日本古典文学会々報」117
1月　《共著》物語会議―語りと物語事典 ……………………………「国文学」35-1
2月　中世・庶民の話し方―説話集の中の人々 ……「言語」（大修館書店）19-2
3月　（翻）早大図書館蔵教林文庫本翻刻（五）―山王関係資料二種
…………………………「調査研究報告」（国文学研究資料館文献資料部）11
3月　宇治拾遺物語論―〈もどき〉の文芸…………「国文学研究資料館紀要」16
3月　《共著》平安鎌倉期願文表白年表稿
…………………………「調査研究報告」（国文学研究資料館文献資料部）11
3月　イエール大学蔵・日本文書コレクション目録解題
…………………………「調査研究報告」（国文学研究資料館文献資料部）11
6月　《座談会》語りと書くこと―平家物語へ向けて …………「日本文学」39-6
6月　（シンポジウム）報告　中世文学の範囲 ……………………「中世文学」35
8月　『江都督納言願文集』の世界（四）―江家をめぐる …「中世文学研究」16

8月　地獄絵と平安朝の文芸……………………………………「解釈と鑑賞」55-8
10月　大江匡房—大宰府時代から ………………………………「解釈と鑑賞」55-10
10月　《書評》徳田和夫著『絵語りと物語り』…「週刊読書人」1990年10月1日号

【1991（平成3）年】　　**44歳**

1月　《単編著》『今昔物語集・宇治拾遺物語』（新潮古典文学アルバム）…新潮社
2月　日本の説話 ……「NHK高校講座・古典への招待（古典総合）」NHK出版
3月　《書評》川村湊著『言霊と他界』 ………「週刊読書人」1991年3月1日号
3月　（翻）早大図書館蔵教林文庫翻刻（六）—山王関係資料三種
…………………………「調査研究報告」（国文学研究資料館文献資料部）12
3月　キリシタン文芸の登場…………………………………………「解釈と鑑賞」56-3
3月　《共著》安居院唱導資料纂輯
…………………………「調査研究報告」（国文学研究資料館文献資料部）12
3月　真福寺蔵『釈迦如来八相次第』について—中世仏伝の新資料
……………………………………………………………「国文学研究資料館紀要」17
3月　中世天台と文学（8）澄憲断章（上）…………………「春秋」（春秋社）327
4月　大谷大学図書館蔵『扶説鈔』について
………………………………説話・伝承学会編「説話の国際比較」桜楓社
4月　中世天台と文学（9）澄憲断章（下）…………………「春秋」（春秋社）328
5月　宇治拾遺物語と〈猿楽〉
……………水原一・広川勝美編『伝承の古層—歴史・軍記・神話』桜楓社
5月　今昔物語集の表現空間—「遥ニ」と「只独リ」
…説話と説話文学の会編『説話論集　第一集（説話文学の方法）』清文堂出版
5月　実語と妄語の〈説話〉史……『日本文学史を読む2（古代後期）』有精堂出版
5月　説話の場と語り—比喩表現をめぐる
……………………………『説話の講座 第1巻（説話とは何か）』勉誠社
5月　《単著》『説話の森—天狗・盗賊・異形の道化』…………………大修館書店
6月　仏伝と絵解き2—中世仏伝の様相………………………………「絵解き研究」13
8月　『江都督納言願文集』の世界（五）—白河院と法勝寺関連願文
……………………………………………………………………「中世文学研究」17
9月　説話の言説……………………『説話の講座 第2巻（説話の言説）』勉誠社
9月　《書評》バーバラ・ルーシュ著『もう一つの中世像』
……………………………………………「週刊読書人」1991年9月16日号
10月　大鏡の構造—〈院政の陰画〉としての花山院 ………「解釈と鑑賞」56-10
11月　東大寺諷誦文稿の言説—唱導の表現 …………………「国語と国文学」68-11

11月　琉球文学への旅……………………………………「わせだ国文ニュース」55
11月　《書評》中瀬喜陽著『説話世界の熊野』…「図書新聞」1991年11月1日号

【1992（平成4）年】　45歳

2月　御霊信仰論―田楽と御霊絵巻から……赤坂憲雄編『供犠の深層へ』新曜社
3月　《共著》（翻）安居院唱導資料纂輯（二）
……………………………「調査研究報告」（国文学研究資料館文献資料部）13
3月　（翻）真福寺蔵『釈迦如来八相次第』・翻刻…「国文学研究資料館紀要」18
3月　（翻）早大図書館蔵教林文庫翻刻（七）―山王関係資料三種
……………………………「調査研究報告」（国文学研究資料館文献資料部）13
3月　平成二年（自1月至12月）国語国文学界の展望（3）中古（後期物語・説話）………………………………………………………「文学・語学」133
3月　（文庫紹介）石垣市立八重山博物館 ……………「国文学研究資料館報」40
6月13日　《書評》三浦佑之著『昔話にみる悪と欲望』…「図書新聞」6月13日号
7月　画中詞の宇宙―物語と絵画のはざま…………………………「日本文学」41-7
8月　『江都督納言願文集』の世界（六）―白河院関連願文をめぐる
………………………………………………………………「中世文学研究」18
8月　和辻哲郎―精神史と古典文学……………………………「解釈と鑑賞」57-8
8月　《対談》新釈・日本の物語（10）宇治拾遺物語 …「創造の世界」（小学館）83
9月　《書評》古橋信孝著『神話・物語の文芸史』 ………………「国文学」37-10
10月　紫雲出山幻想―讃岐源太夫と浦島太郎
………『日本「神話・伝説」総覧』（歴史読本特別増刊事典シリーズ）新人物往来社
10月　法会の時空―方法としての〈場〉……………………………「日本文学」41-10
12月　『大鏡』―法会の時空……………………………………「解釈と鑑賞」57-12

【1993（平成5）年】　46歳

説話にみる仏教観
……………………「日本人と仏教」入門講座・第6分冊　日本通信教育連盟
3月　（翻）早大図書館蔵教林文庫本翻刻（八）―説教資料三種
……………………………「調査研究報告」（国文学研究資料館文献資料部）14
3月　宇治拾遺物語絵巻をめぐって…………………「国文学研究資料館紀要」19
3月　《書評》宮田尚著『今昔物語集震旦部考』 …………………「国文学研究」109
3月　山王信仰と文芸……………………………………………「解釈と鑑賞」58-3
3月　中世の唱導と寺院資料―真福寺大須文庫を中心に

……………………………………………「国文学研究資料館講演集」14
3月　平成三年（自1月至12月）国語国文学界の展望（3）中世　仏教文学
……………………………………………………「文学・語学」137
3月　琉球神道記の世界……………………………………………「仏教文学」17
3月　唐物語の表現形成
……和漢比較文学会 編『和漢比較文学叢書（4）中古文学と漢文学〈2〉』
汲古書院
5月　《単著》『今昔物語集の形成と構造　補訂版』………………………笠間書院
6月　〈もと〉の指向―中世の研究展望 ………………………「日本文学」42-6
7月　特集・柳田国男―その根源と可能性を求めて　物語・説話研究における柳田国男……………………………………………………………「国文学」38-8
7月　野馬台詩の言語宇宙―未来記とその注釈 ………………………「思想」829
8月　きこりの歌―今様と説話………………………………「中世文学研究」19
9月　《書評》赤坂憲雄著『結社と王権』……「週刊読書人」1993年9月13日号
10月　書きたいテーマ、出したい本　説話の本草学………「出版ニュース」1645
11月　《座談会》“鎌倉時代物語”とはなにか…………………「リポート笠間」34
11月　市の文学 ……………………………………………「国語と国文学」70-11
11月　中世笑話の位相―『今昔物語集』前後…………………………「日本の美学」20
12月　世界の喩―説話のおもしろさ ………………………………「解釈と鑑賞」58-12

【1994（平成6）年】　47歳

2月　説話と注釈―〈歌行詩〉の野馬台詩注から
………和漢比較文学会 編『和漢比較文学叢書（14）説話文学と漢文学』
汲古書院
2月　竹から生まれた篁……………奥津春雄編『日本文学・語学論攷』翰林書房
3月　（翻）安居院唱導資料纂輯（四）烏亡問答鈔解題
……………………「調査研究報告」（国文学研究資料館文献資料部）15
3月　チェスター・ビーティー・ライブラリィ所蔵絵巻・絵本解題目録稿解説
……………………「調査研究報告」（国文学研究資料館文献資料部）15
3月　貞慶『表白集』小考……………………………「国文学研究資料館紀要」20
5月　願文・表白を中心に
…………『白居易研究構座 第4巻（日本における受容　散文篇）』勉誠社
6月　説話研究の現在…………………………………………「説話文学研究」29
6月　袋中の夢…………………………………………………「大法輪」法輪閣
6月　《書評》野本寛一著『共生のフォークロア』

……………………………………………「図書新聞」1994年6月1日号
8月　大江匡房の遊女記……………………………………………「中世文学研究」20
11月　《校注》新日本古典文学大系36『今昔物語集4』　……………………岩波書店
12月　牛になる人　……………………『古代文学講座6（人々のざわめき）』勉誠社

【1995（平成7）年】　48歳

2月　古代・中世のことわざ探訪　2「鳥無き島のかはほり」
……………………………………………………「言語」（大修館書店）24-2
2月　尼寺の蔵書―宝鏡寺の場合…………………「新日本古典文学大系月報」58
3月　（翻）安居院唱導資料纂輯（五）富楼那集翻刻
…………………………「調査研究報告」（国文学研究資料館文献資料部）16
3月　唱導―安居院澄憲をめぐる
…………『岩波講座日本文学と仏教 第9巻（古典文学と仏教）』岩波書店
3月　早稲田大学図書館蔵教林文庫書目索引
…………………………「調査研究報告」（国文学研究資料館文献資料部）16
3月　表白…………………………『仏教文学講座 第8巻（唱導の文学）』勉誠社
3月　和歌と唱導の言説をめぐって…………………「国文学研究資料館紀要」21
5月　研究会の記録　説話の女、絵巻の女　…………「総合女性史研究会」12-48
6月　（翻）善通寺蔵『諸流物語』をめぐって
…………………………中四国中世文学研究会編『中世文学研究』和泉書院
6月　古代・中世のことわざ探訪　6「狸の京上り」…「言語」（大修館書店）24-6
8月　小野小町の実像・虚像　中世説話の小町………………「解釈と鑑賞」60-8
8月　善通寺蔵『印書躾事集』について……………………「中世文学研究」21
10月　異界・悪鬼との交差―『今昔物語集』を中心に…………「国文学」40-12
10月　古代・中世のことわざ探訪　10「不信の亀は甲破る」
……………………………………………………「言語」（大修館書店）24-10
10月　大江匡房の時代　大江匡房・院政初期文学史の断面…「解釈と鑑賞」60-10
11月　神祇信仰と中世文学
……『岩波講座　日本文学史　第5巻　一三・一四世紀の文学』岩波書店

【1996（平成8）年】　49歳

1996-1998年度　《科研》中世文学における未来記の総合的研究
…………………………………………文部省科学研究費補助金研究成果報告書
2月　古代・中世のことわざ探訪　14「上見ぬ鷲」…「言語」（大修館書店）25-2
3月　妖怪の博物学…………………………………………………「国文学」41-4

4月　仏教文学のテキスト学―唱導・注釈・聞書
…日本仏教研究会 編『日本の仏教 第5号（ハンドブック日本仏教研究）』法蔵館
5月　《書評》飯倉照平著『南方熊楠』岩波ジュニア新書
……………………………「ミナカタ通信」（南方熊楠資料研究会）3
6月　古代・中世のことわざ探訪　18「山の芋が鰻になる」
……………………………………………………「言語」（大修館書店）25-6
6月　特集　神話、その生成をめぐって　伊勢をめざした僧　行基の伊勢参宮をめぐる…………………………………………………………「語文」95
7月　中世唱導文芸断章―真福寺蔵『書集作抄』をめぐって
………………………………………今成元昭編『仏教文学の構想』新典社
8月　弘前市立図書館蔵『仏大河飛行』考……………………「中世文学研究」22
10月　古代・中世のことわざ探訪　22「鬼に神とられたる」
……………………………………………………「言語」（大修館書店）25-10
10月　古代の異国・異国人論　東大寺諷誦文稿に見る異世界
……………………………………………………………「解釈と鑑賞」61-10
12月　メディアと文学表現―大会シンポジウム報告……「立教大学日本文学」77
12月　和歌・漢詩文と『法華経』　大江匡房の『法華経賦』…「解釈と鑑賞」61-12
12月　『聖徳太子未来記』とは何か？（聖徳太子争点を解く21の結論）――（聖徳太子7つの争点）……………………「歴史読本」（新人物往来社）41(20)

【1997（平成9）年】　50歳

1月　『往生絵巻』と『今昔物語集』………「芥川龍之介全集月報15」岩波書店
1月　《座談会》「南方学」への視座 ……………………………………「文学」8-1
1月　南方熊楠の今昔物語集―説話学の階梯・明治篇 …………………「文学」8-1
2月　『十二類絵巻』を読む…………「特定研究年報」（国文学研究資料館）95
2月　説話と物語文学はどう違うのか……………………………「国文学」42-2
3月　稲荷と唱導資料―表白二題………………………………………………「朱」40
3月　中世の法華講会……………………………………………「解釈と鑑賞」62-3
6月　説話資料としての『職原抄』注釈―関東系を中心に…「説話文学研究」32
7月　研究再編の時代 …………………「週刊読書人」1997年7月4日号・2192
8月　スペンサー本『百鬼夜行絵巻』について―詞書を中心に
……………………………………………………………「中世文学研究」23
8月　伊勢のみつかしは―神祇書と歌語…有吉保編『和歌文学の伝統』角川書店
10月　《座談会》中世仏教の臨界…………………………………………「文学」8-4

10月　聖徳太子未来記の生成―もうひとつの歴史記述 ………………「文学」8-4
11月　『明月記』の怪異・異類―覚書として…………………………「明月記研究」2
11月　徒然草にみる神道―慈遍との関連から ………………「解釈と鑑賞」62-11
12月　〈説話〉の悲恋―今昔物語集を中心に
　　　……………………………………久保朝孝編『悲恋の古典文学』世界思想社
12月　《共編》『中世の知と学―〈注釈〉を読む』………………………………森話社
12月　中世の注釈を読む―読みの迷路…………………………『中世の知と学』森話社
12月　尼寺の調査と源氏物語………………………………………………「むらさき」34

【1998（平成10）年】　51歳

1月　《単著》『中世説話の世界を読む』 ……岩波書店（岩波セミナーブックス）
1月　写し・似せ・よそおうものの現象論…………………………「日本文学」47-1
2月　〈絵解き〉をどうみるか ……………………………………………「国文学」43-2
3月　文覚の勧進帳をめぐる
　　　………『軍記文学の系譜と展開―梶原正昭先生古稀記念論文集』汲古書院
4月　名のる語り手―説話の語り ……………………………………「文学」9-2
7月　〈遺老伝〉から『遺老説伝』へ―琉球の説話と歴史記述………「文学」9-3
7月　《座談会》古代幻視を越えて―古琉球の相対化をめざして……「文学」9-3
8月　鳴動と託宣―〈神〉の声……………………………………「中世文学研究」24
11月　物語論のなかの『平家物語』
　　　…山下宏明編『平家物語批評と文化史（軍記文学研究叢書7）』汲古書院
12月　沖縄の縁起―『琉球国由来記』から ……………………「解釈と鑑賞」63-12
12月　日本人の生老死　国立歴博のシンポから
　　　………………………………………「日本経済新聞」1998年12月2日号

【1999（平成11）年】　52歳

1999-2001年度　《科研》中世・近世における琉球文学資料に関する総合的研究
　　　…………………………………文部省科学研究費補助金研究成果報告書
　　　中世文学から世界の回路へ ……………………………………………「立教」168
　　　戒台寺の一夜 ……………「センター通信」（北京日本学研究センター）66
1月　文学の歴史と歴史の文学―中世日本紀研究から …………「日本歴史」608
2月　南方熊楠の今昔物語集―明治篇・補遺
　　　…………………………………「熊楠研究」（南方熊楠資料研究会）1
2月　《書評》ベルナール・フランク著『風流と鬼　平安の光と闇』
　　　………………………………………………………………「国文学」44-2

3月　中世説話と日本紀……………………………………「解釈と鑑賞」64-3
3月　《校注》新日本古典文学大系34『今昔物語集2』　……………………岩波書店
5月　中世の未来記と注釈……………………………………………「中世文学」44
6月　西尾先生と電車で（西尾光一先生追悼号）…………………「絵解き研究」15
8月　泰山逍遥……………………………………………………「中世文学研究」25
10月　《書評》保立道久著『物語の中世　神話・説話・民話の歴史学』
………………………………………………………………………「日本歴史」617
10月　「法勝寺御八講問答記」天承元年条本文（「法勝寺御八講問答記」特集号）
——（本文編）…………………………………………………………「南都仏教」77
10月　法勝寺御八講の論義表白—十二巻本「表白集」を中心に…「南都仏教」77
10月　《講演》寺院の文庫と海外流出資料
……………………………………「こだま」（金沢大学附属図書館報）135
11月　今昔物語集・宇治拾遺物語名言集（日本の古典名言必携〈作品作家別〉）
……………………………………………………………………「別冊国文学」52
11月　《単著》『宇治拾遺物語の表現時空』……………………………若草書房
12月　柳絮舞ふ街で—北京の七十九日　……………「立教大学日文ニュース」4
12月　《監修》『四字熟語辞典—ポケット判』……………………………高橋書店

【2000（平成12）年】　53歳

1月　ワシントン議会図書館の和古書資料　…………………「日本歴史」620
2月　鳥亡問答鈔
…国文学研究資料館編『真福寺善本叢刊　法華経古注釈　第一期第4巻』
臨川書店
2月　諸諷誦
…国文学研究資料館編『真福寺善本叢刊　法華経古注釈　第一期第4巻』
臨川書店
2月　南方熊楠と今昔物語集—大正期を中心に…………「熊楠ワークス」13
2月　南方熊楠の今昔物語集—説話学の階梯・大正篇1　…………「熊楠研究」2
3月　西行と聖地—四国の旅から……………………………「解釈と鑑賞」65-3
4月　唱導と呪歌—和歌をよむ場……………………………………「国文学」45-5
4月　軍記文学と説話
………梶原正昭編『軍記文学とその周縁（軍記文学研究叢書1）』汲古書院
5月　老いの表現史
………………宮田登・新谷尚紀編『往生考—日本人の生・老・死』小学館
5月　中世日本紀をめぐって——言説としての日本紀から未来記まで

……………………………………………………………「民衆史研究」59
5月　《監修》『同音語使い分け辞典―ポケット判』…………………高橋書店
6月　《単著》『説話の声―中世世界の語り・うた・笑い』……………新曜社
7月　説話の輪郭―説話学の階梯・その揺籃期をめぐる ……………「文学」1-4
10月　酒呑童子のふるさとを往く
…『ものがたり　日本列島に生きた人たち　6　伝承と文学 上』岩波書店
11月　口伝の位相（特集 中世社会とことば）…………………「歴史評論」607
11月　金言類聚抄
…国文学研究資料館編『真福寺善本叢刊　法華経古注釈　第一期第5巻』臨川書店
11月　釈迦如来八相次第
…国文学研究資料館編『真福寺善本叢刊　法華経古注釈　第一期第5巻』臨川書店
11月　通俗釈尊伝記
…国文学研究資料館編『真福寺善本叢刊　法華経古注釈　第一期第5巻』臨川書店

【2001（平成13）年】　54歳

1月　立教大学日本学研究所のこと ……………………………「日本歴史」632
2月　台北・北京における和古書及び絵画資料についての覚え書き
…「中国に伝存の日本関係典籍と文化財」（国際シンポジウム　第17集）国際日本文化研究センター
3月　声を聞くもの―唱導と大衆僉議 ……………………「国文学研究」133
3月　南方熊楠の今昔物語集―説話学の階梯・大正篇2 …………「熊楠研究」3
3月　資料紹介　立教大学図書館蔵『桃太郎絵巻』
……………………………………………「立教大学大学院日本文学論叢」1
3月　キリシタン文学と仏教―シンポジウムにむけて……………「仏教文学」25
3月　《シンポジウム》金沢文庫の唱導資料をめぐる …………「仏教文学」25
4月　南方熊楠―教養の権化 ……………………「世界思想」（世界思想社）28
4月　《単編》新日本古典文学大系　別巻［4］今昔物語集　索引 ……岩波書店
5月　仏教の言葉……『言説の制度　叢書想像する平安文学　第3巻』勉誠出版
7月　《単編著》『宝鏡寺蔵『妙法天神経解釈』全注釈と研究』…………笠間書院
7月　『妙法天神経解釈』をめぐる序
……………小峯和明編『宝鏡寺蔵妙法天神経解釈全注釈と研究』笠間書院
7月　吉備大臣入唐絵巻とその周辺………………………「立教大学日本文学」86

8月　《シンポジウム》故事の変転―諺・説話論 ……………「和漢比較文学」27
8月　《共編》説話の参考文献一覧………………………………………「国文学」46-10
8月　説話学の階梯―近世随筆から南方熊楠へ …………………「国文学」46-10
9月　《単著》『説話の森―中世の天狗からイソップまで』
　　　…………………………………………………………………岩波書店（岩波現代文庫）
9月　院政期の文化と時代―〈見る〉ことの政治文化学
　　　……院政期文化研究会編『権力と文化　院政期文化論集　第1巻』森話社
9月　キリシタン文学と仏伝―異文化交流の表現史 ……………………「文学」2-5
12月　ニューヨークと絵巻 ……………………………「立教大学日文ニュース」6
12月　安倍晴明と異界 ……………………「高校国語教育」（三省堂）2001年冬号

【2002（平成14）年】　55歳

2002-2004年度　《科研》16-18世紀の日本と東アジアの漢文説話類に関する総合的比較研究……………………文部科学省科学研究費補助金研究成果報告書
1月　文庫調査から見る近代 …「岩波講座　近代日本の文化史」月報2　岩波書店
3月　異文化交流の文化史へ―海外資料調査と国際会議
　　　…小島・小松編『異文化理解の視座世界から見た日本、日本から見た世界』
　　　東京大学出版会
3月　南方熊楠の今昔物語集―説話学の階梯・大正篇3 …………「熊楠研究」4
3月　稲荷山の老狐…………………………………………………………………「朱」45
4月　『大鏡』の道真像 ……………………………………………「解釈と鑑賞」67-4
6月　羅生門の物語―説話に見る中世の京都①……………………「ひととき」11
6月　《単著》『説話の言説―中世の表現と歴史叙述』 ……………………森話社
7月　老いを「発見」するとき―説話に見る中世の京都②………「ひととき」12
8月　漢字文化圏における漢文説話・小説の問題―一六から一八世紀を中心に
　　　……………………………「変動期的東亜社会与文化」天津人民出版社
8月　《単著》『今昔物語集の世界』 …………岩波書店（岩波ジュニア新書）
9月　在米絵巻訪書おぼえがき ………………「立教大学大学院日本文学論叢」2
10月　『敦煌願文集』と日本中世の唱導資料
　　　……………………楊儒賓・張寶三 共編『日本漢学研究初探』勉誠出版
11月　《書評》阿部泰郎著『聖者の推参―中世の声とヲコなるもの』
　　　…………………………………………………………………「日本文学」51-11

【2003（平成15）年】　56歳

1月　保輔・保昌兄弟をめぐる説話世界

……………宝塚大劇場雪組公演「春麗の淡き光に」阪急コーポレーション
1月　《単編著》『今昔物語集を学ぶ人のために』………………………世界思想社
1月　欠字…………………………『今昔物語集を学ぶ人のために』世界思想社
1月　今昔物語集の世界……………『今昔物語集を学ぶ人のために』世界思想社
1月　伴大納言絵巻・作品論
…『〈新しい作品論〉へ、〈新しい教材論〉へ―文学研究と国語教育研究の交差　古典編 3』右文書院
2月　吉備真備入唐譚の生成と展開……大隅和雄編『文化史の諸相』吉川弘文館
2月　梅から生まれた道真…………和漢比較文学会編『菅原道真論集』勉誠出版
3月　絵画と文字（特集 日本文化の境界と交通―2001年国際シンポジウムの記録）―（第4セッション：絵画と文字）……「立教大学日本学研究所年報」2
3月　（ＡＡＳパネル発表）議会図書館及びイエール大学所蔵朝河収集本をめぐって ………………………………………………未刊（口頭発表原稿）
3月　《単編著》『『平家物語』の転生と再生』 …………………………笠間書院
3月　『平家物語』の転生と再生…………『『平家物語』の転生と再生』笠間書院
3月　イエール大学蔵『元徳二年後宇多院聖忌曼荼羅供』
……………………………………『『平家物語』の転生と再生』笠間書院
3月　コラム　頼朝武蔵入りと散歩道の夢想
……………………………………『『平家物語』の転生と再生』笠間書院
3月　聖地の表現世界―厳島参詣と願文・表白
……………………………………『『平家物語』の転生と再生』笠間書院
3月　南方熊楠の今昔物語集―説話学の階梯・大正篇 4 …………「熊楠研究」5
4月　異文化交流の文学史へ―海外資料調査と国際会議
…小島孝之・小松親次郎編『異文化理解の視座―世界からみた日本、日本からみた世界』東京大学出版会
5月　中世文芸と仏教 ……大久保・佐藤・末木他編『日本仏教34の鍵』春秋社
6月　絵巻の画中詞と言説―絵解きの視野から………………「解釈と鑑賞」68-6
6月　南方熊楠の今昔物語集―説話学の階梯・大正篇『十二支考』から
…説話と説話文学の会編『説話論集 第12集（今昔物語集）』清文堂出版
6月　未来記の射程…………………………………………「説話文学研究」38
7月　日本の絵巻の文字と絵画 ……「立教大学ドイツ文学科国際シンポジウム」
7月　《座談会》源氏的なるもの……………………………………「文学」4-4
11月　《単著》『『野馬台詩』の謎―歴史叙述としての未来記』 …………岩波書店
11月　御記文という名の未来記
…錦仁・小川豊生・伊藤聡編『「偽書」の生成―中世的思考と表現』森話社

12月　《書評》石井正己著『柳田国男と遠野物語』
…………………………………………「週刊読書人」2003年12月12日号
12月　《座談会》平安朝漢文学の展開—菅原道真から大江匡房へ
……………………………………………………………「リポート笠間」44

【2004（平成16）年】　57歳

1月　《共編著》『日本霊異記を読む』……………………………吉川弘文館
1月　『日本霊異記』の語戯をめぐって—脱構築をめざして
…………………………………………『日本霊異記を読む』吉川弘文館
2月　《今昔物語集》的翻訳
………………「世界語境中的《源氏物語》」北京日本学研究中心文学研究室
3月　興福寺の説話世界—猿沢池と龍神 ……………………………「興福」123
3月　《講演》南方熊楠と沖縄学
…「南方熊楠の学際的研究」プロジェクト報告書　奈良女子大学大学院人間文化研究科学術交流センター
3月　円仁の旅と赤山法華院 ……………………「立教大学日本学研究所年報」3
3月　南方熊楠の今昔物語集—説話学の階梯・大正篇5 …………「熊楠研究」6
4月　『釈迦の本地』の絵巻を読む—仏伝の世界
………………………………「心」（武蔵野大学日曜講演集）武蔵野大学
4月　琉球文学と琉球をめぐる文学—東アジアの漢文説話・侵略文学
………………………………………………………………「日本文学」53-4
4月　蟬丸伝承をさぐる—〈源氏物語説話論〉のために
……………………………………………『源氏研究』9号　翰林書房
6月　法会文芸の提唱—宗教文化研究と説話の〈場〉………「説話文学研究」39
7月　《書評》錦仁『小町伝説の誕生』…「本の旅人」（角川書店）2004年7月号
8月　〈侵略文学〉の位相—蒙古襲来と託宣・未来記を中心に、異文化交流の文学史をもとめて……………………………………………「国語と国文学」81-8
11月　古典文学に見る日本海—〈海域・海洋文学〉の可能性
……………………………………………………………「解釈と鑑賞」69-11
12月　お伽草子の絵巻世界—ものいう動物たち …………「日本文学文化」4

【2005（平成17）年】　58歳

2005-2007年度　《科研》16世紀以降の日本と東アジアのキリシタン文学とその影響度をめぐる総合的比較研究
………………………………文部科学省科学研究費補助金研究成果報告書

イメージの釈迦―物語と絵―
…「CAHIERS・2（アルザス・欧州日本学研究所研究講演集）アルザス日本学研究所
1月　〈仏教的想像力〉の沃野へ―露伴と熊楠……………………………「文学」6-1
2月　《共編著》『義経地獄破り―チェスター・ビーティー・ライブラリィ所蔵』……………………………………………………………………………勉誠出版
3月　水辺と街道の遊女―中世の物語風景から…「立教大学日本学研究所年報」4
3月　南方熊楠の今昔物語集―説話学の階梯・大正篇6　…………「熊楠研究」7
5月　日本文学と巡礼―創造される聖地…………………………「解釈と鑑賞」70-5
6月　東アジアという視座
………貴志俊彦・荒野泰典・小風秀雅編『「東アジア」の時代性』溪水社
7月　『野馬台詩』注釈・拾穂　……………………………………「日本文学」54-7
8月　熊楠と沖縄―安恭書簡と『球陽』写本をめぐる……………「国文学」50-8
8月　《共編》蔵書目録・和古書の部　……………………………「国文学」50-8
9月　序言 アルザスから名古屋へ――日仏学術交流の旅
…「共生する神・人・仏――日本とフランスの学術交流（アジア遊学79）」勉誠出版
9月　その後の「月のねずみ」考―二鼠譬喩譚・東アジアへの視界
…「共生する神・人・仏――日本とフランスの学術交流（アジア遊学79）」勉誠出版
11月　《座談会》東アジア―漢文文化圏を読み直す……………………「文学」6-6
11月　東アジアの仏伝をたどる―比較説話学の起点　…………………「文学」6-6

【2006（平成18）年】　59歳

1月　《単著》『院政期文学論』…………………………………………笠間書院
3月　《書評》今成元昭著『『方丈記』と仏教思想』
…………………「日蓮宗新聞」（日蓮宗新聞社）2006年3月1日号・18870
3月　円仁の求法の旅………………………………………………「解釈と鑑賞」71-3
3月　南方熊楠の今昔物語集―説話学の階梯・昭和篇　…………「熊楠研究」8
4月　琉球の文字資料　……『人文資料学の現在1　立教大学人文叢書1』春風社
4月　仏教儀礼と和歌―〈法会文芸〉として
……………………『和歌をひらく 第4巻　和歌とウタの出会い』岩波書店
5月　スペンサー本『百鬼夜行絵巻』と幕末の『平家物語』―冷泉為恭と遷都の物語 ……………………………………………………………「文学」7-3
6月　《講演》絵巻のことばとイメージ―『釈迦の本地』をめぐる

…………………………石川透編『魅力の奈良絵本・絵巻』三弥井書店
6月　《シンポジウム》琉球文学の中世　講演・パネルディスカッション「琉球文学の中世」によせて……………………………………「中世文学」51
7月　『琉球神道記』の龍宮世界 ………………………「立教大学日本文学」96
10月　《対談》琉球文学の内と外―東アジアの視界…………「解釈と鑑賞」71-10
10月　尚巴志の物語―三山統一神話の再検証 ………………「解釈と鑑賞」71-10
10月　メディア・媒体―絵画を中心に　パネリストの発表を受けて
…中世文学会編『中世文学研究は日本文化を解明できるか「中世文学会創設50周年」記念シンポジウム「中世文学研究の過去・現在・未来」の記録』笠間書院
11月　死の向こう側：身体・イメージ・パロディ ………………「死生学研究」8
12月　受賞と大曽根先生の思い出
……「日本古典文学会のあゆみ（日本古典文学会報別冊）」日本古典文学会

【2007（平成19）年】　60歳

Wort und Bild in japanischen Bildrollen
…………………「SCHRIFTLICHKEIT UND BILDLICHKEIT」Wilhelm Fink
1月　《単著》『中世日本の予言書―〈未来記〉を読む』…岩波書店（岩波新書）
2月　《書評》飯倉照平著『南方熊楠』
……………………………………「週刊読書新聞」2007年2月2日号・2673
2月　今昔物語集断簡
…………『大東急記念文庫善本叢刊　中古中世篇第一巻・物語』汲古書院
3月　和歌説話の位相……………………………………………「解釈と鑑賞」72-3
3月　反町目録の再検証―総合目録作成のために
……………「アメリカに渡った日本の図像・文芸の研究」立教SFR報告書
3月　『百鬼夜行絵巻』とパロディ
………………「アジア文化研究別冊16」国際基督教大学アジア文化研究所
5月　《講演》説話と狂言の表現空間 …………………「能と狂言」（能楽学会）5
6月　《シンポジウム》古典学の再構築をめざして―平安文学研究の内なる〈他者性〉 ……………………………………………………………「中古文学」79
7月　東アジアの比較説話の視界―『新羅殊異伝』を読む
…「アジア遊学100号記念アジア遊学100号の提案―これからの研究構想を語る　アジア遊学100」勉誠出版
8月　説話と説話文学の本質―東アジアの比較説話学へ……「解釈と鑑賞」72-8
10月　〈法会文芸〉としての源氏供養―表白から物語へ

…加藤睦・小嶋菜温子編『源氏物語と和歌を学ぶ人のために』世界思想社

【2008（平成 20）年】 **61 歳**

1 月　宇治拾遺物語絵巻をめぐって
………名和修監修『宇治拾遺物語絵巻—陽明文庫蔵重要美術品』勉誠出版
2 月　《共編著》『三宝絵を読む』……………………………………………吉川弘文館
2 月　山階寺涅槃会と本生譚をめぐる—仏伝と〈法会文芸〉
………………………………………………………『三宝絵を読む』吉川弘文館
2 月　説話と口承文芸
…日本口承文芸学会編『つたえる（シリーズことばの世界 1）』三弥井書店
3 月　〈聖徳太子未来記〉と聖徳太子伝研究
…………中部大学国際人間学研究所編『アリーナ 2008　第 5 号』人間社
3 月　日本中世の肖像とその説話言説をめぐる
……………………………『肖像と個性　立教大学人文叢書 3』春風社
3 月　東アジアの仏伝をたどる・補説
…説話・伝承学会編『説話・伝承の脱領域　説話・伝承学会創立二十五周年記念論集』岩田書院
3 月　南方熊楠の孫文評をどう読むか……………………………「孫文研究」43
3 月　『釈迦の本地』と仏伝の世界 …小林保治監修『中世文学の回廊』勉誠出版
3 月　王の生と死をめぐる儀礼と法会文芸—堀河院の死と安徳帝の生
…………………………………………………「国立歴史民俗博物館研究報告」141
4 月　（シンポジウム特別講演）南方熊楠と『今昔物語集』——比較説話学の新たな地平………………………………………………「熊楠ワークス」31
4 月　『釈迦の本地』の絵と物語を読む
…「絵を読む　文字を見る　日本文学とその媒体（アジア遊学 109）」勉誠出版
5 月　《対談》古典はいつも新しい ……………………………………「本郷」75
5 月　神仏との交感——感応と霊験の物語（特集 交感のポエティクス）
…………………………………………………「水声通信」（水声社）4(3)
5 月　川平均ちゃんから川平ひとしへ
…………………………川平ひとし『中世和歌テキスト論』栞　笠間書院
5 月　《共編著》『源氏物語と江戸文化—可視化される雅俗』…………………森話社
5 月　お伽草子と説話世界の『源氏物語』
…………………………『源氏物語と江戸文化　可視化される雅俗』森話社
5 月　お伽草子異類物の形成と環境—『十二類絵巻』への道 ………「文学」9-3

6月　歴史と古典をひもとく…………「週刊読書人」2008年6月27日号・2744
6月　日本文学（古典）研究'07 …………………………『文芸年鑑2008』新潮社
7月　《書評》李銘敬・小林保治著『日本仏教説話集の源流』「説話文学研究」43
8月　反町目録の再検証――総合目録作成のために（特集 スペンサーコレクション調査から）Review of Sorimachi catalogue : for making a comprehensive list ……………………………………………………「立教大学日本学研究所年報」7
8月　《書評》河添房江著『源氏物語と東アジア世界』…………「日本文学」57-8
9月　東アジアの〈東西交流文学〉の可能性
…………………………「東アジアの文学圏（アジア遊学114）」勉誠出版
9月　五台山逍遥―東アジアの宗教センター ……………………「巡礼記研究」5
10月　《座談会》食と文学
………『文学に描かれた日本の「食」のすがた』（解釈と鑑賞別冊）至文堂
10月　古典文学における〈食〉の登場
………『文学に描かれた日本の「食」のすがた』（解釈と鑑賞別冊）至文堂
10月　《共編》文学に描かれた日本の「食」のすがた―古代から江戸時代まで
……………………………………………………………………………至文堂
12月　『古今著聞集』の絵画論………………………………「解釈と鑑賞」73-12
12月　中国古塔千年紀―遼の面影をもとめて………「立教大学日文ニュース」13
12月　《単編著》『今昔物語集を読む』（歴史と古典） …………………吉川弘文館
12月　異文化交流………………………………『今昔物語集を読む』吉川弘文館
12月　今昔物語集とその時代……………………『今昔物語集を読む』吉川弘文館

【2009（平成21）年】　62歳

2月　東アジアにおける日本文学―研究の動向と展望
…「日語学習与研究141」（北京・中国日語教学研究会）日語学習与研究編輯委員会
2月　須弥山世界の図像と言説を読む
…「日本文学の創造物―書籍・写本・絵巻　国際シンポジウム」国文学研究資料館
3月　文学研究の意義―古典文学の立場から………「同志社大学国文学会報」36
4月　《講演》南方熊楠と熊野の伝承世界 …………………「熊楠ワークス」33
4月　写す身体と見る身体―絵巻をひもとくこと
…ハルオ・シラネ 編『越境する日本文学研究―カノン形成・ジェンダー・メディア』勉誠出版
6月　日本文学（古典）研究'08 …………………………『文芸年鑑2009』新潮社

6月　《単著》『中世法会文芸論』……………………………………………笠間書院

7月　《書評》木村茂光著『日本中世の歴史①中世社会の成り立ち』
　………………………………………「週刊読書人」2009年7月24日号

9・10月　『釈迦の本地』の物語と図像 ………………………………「文学」10-5

11月　《座談会》「日本」と「文学」を解体する既成概念を崩し、新しい文学像をどう作るか……………………………………………………「リポート笠間」50

11月　序言 …………「キリシタン文化と日欧交流（アジア遊学127）」勉誠出版

11月　キリシタン文学と天狗――『サントスの御作業』を中心に
　…………………「キリシタン文化と日欧交流（アジア遊学127）」勉誠出版

11月　天草本『平家物語』の語り
　…………………「キリシタン文化と日欧交流（アジア遊学127）」勉誠出版

12月　志度寺縁起の竜宮と閻魔
　…「志度寺縁起絵シンポジウム配付資料　瀬戸内の祈りとくらし」志度寺研究会

【2010（平成22）年】　63歳

《講演》説話のタブー、タブーの説話　禁忌の表現史
　…「ストラスブール大学第四回日本学シンポジウム」ストラスブール大学

1月　〈薩琉軍記〉解題―東アジアと侵略文学
　…池宮正治・小峯和明編『古琉球をめぐる文学言説と資料学　東アジアからのまなざし』三弥井書店

1月　《共編著》『古琉球をめぐる文学言説と資料学―東アジアからのまなざし』
　…………………………………………………………………………三弥井書店

3月　〈薩琉軍記〉に見る島津氏の琉球出兵―日本人はどのように語り伝えてきたか ……………………………………………………………「史苑」183

3月　お伽草子と狂言――料理・異類・争論
　…アジア文化研究別冊18「続・パロディと日本文化」国際基督教大学アジア文化研究所

4月　《単編著》『漢文文化圏の説話世界』……………………………………竹林舎

4月　東アジアの説話世界……………………『漢文文化圏の説話世界』竹林舎

5月　『伊勢物語』の註釈と言説世界…山本登朗編『伊勢物語享受の展開』竹林舎

5月　物語と絵画をめぐる断章（第3章パフォーマンスの中の図像）
　……………川田順造編『響き合う異次元―音・図像・身体』平凡社

7月　〈予言文学〉の射程―過去と未来をつなぐ ……………「日本文学」59-7

7月　《書評》米井力也著『キリシタンと翻訳 異文化接触の十字路』

……………………………………………………………「説話文学研究」45
7月　竜宮と冥界………………小松和彦監修『別冊太陽 170　妖怪絵巻』平凡社
馬耳山のお堂の壁画 ………「KOREANA 韓国の芸術と文化」2010年秋号
12月　東アジアの中世文学 …………………………………「解釈と鑑賞」75-12
12月　鎌倉を歩く─新入生歓迎文学散歩……………「立教大学日文ニュース」15

【2011（平成23）年】　　64歳

2月　塔は時空を越えて。…………………「東京人」2011年2月号　都市出版社
3月　総括（特集 公開シンポジウム 朝鮮半島の文化と宗教）Summary
……………………………………………………「立教大学日本学研究所年報」8
3月　東アジアの法会文芸─願文を中心に…………………………「仏教文学」35
3月　須弥山世界の言説と図像をめぐる
…「アジア新時代の南アジアにおける日本像　インド・SAARC諸国における日本研究の現状と必要性」（海外シンポジウム報告書 16）国際日本文化研究センター
3月　南方熊楠・比較説話学の形成─ロンドン時代を中心に
…「南方熊楠とロンドン（英語版）南方熊楠資料の基礎研究と学際的展開」文部省科学研究費補助金研究成果報告書
4月　（パネルディスカッション）文学と宗教　覚え書き
…「日語学習与研究 153」（北京・中国日語教学研究会）日語学習与研究編輯委員会
6月　〈心耳〉の人・西郷信綱 ……………「西郷信綱著作集第三巻月報」平凡社
6月　《共編著・校注》『新羅殊異伝─散逸した朝鮮説話集』…平凡社・東洋文庫
7月　《座談会》環境という視座
…「環境という視座─日本文学とエコクリティシズム（アジア遊学 143）」勉誠出版
7月　南方熊楠と熊野世界
…「環境という視座─日本文学とエコクリティシズム（アジア遊学 143）」勉誠出版
7月　《シンポジウム》東アジアの説話圏をめぐる …………「説話文学研究」46
8月　《解説》大隅和雄『中世歴史と文学のあいだ　歴史文化セレクション』（吉川弘文館）
8月　災害と〈予言文学〉─過去と未来を繋ぐ ……………………「図書」750
8月　《座談会》南方熊楠とアジア
…………………………「南方熊楠とアジア（アジア遊学 144）」勉誠出版

8月　南方熊楠・東アジアへのまなざし
……………………………「南方熊楠とアジア（アジア遊学144)」勉誠出版
10月　中世日本紀の物語世界―〈海〉の中世神話
………………新川登亀男・早川万年編『史料としての日本書紀』勉誠出版
11月　世界における日本学研究の連携と次世代への継承・パネラー報告
…『日本学研究』21、北京日本学研究センター設立25周年記念、学苑出版社
11・12月　ことわざ・物語論…………………………………………「文学」12-6

【2012（平成24）年】　65歳

1月　イメージの回廊（1）バイユーのタピスリーと絵巻展…………「図書」755
2月　イメージの回廊（2）石榴天神…………………………………「図書」756
3月　イメージの回廊（3）龍宮への招待……………………………「図書」757
3月　往く人、来る人―東アジア・幻想の異文化交流
……………………………………………「立教大学日本学研究所年報」9
3月　刊行にあたって
……………山本五月『天神の物語・和歌・絵画―中世の道真像』勉誠出版
4月　イメージの回廊（4）龍宮の塔…………………………………「図書」758
4月　《監修》『図説あらすじでわかる！　今昔物語集と日本の神と仏』
………………………………………………………………………青春出版社
5月　イメージの回廊（5）須弥山の頂上を往く……………………「図書」759
5月　学問のためのブックガイド
…「アジアの〈教養〉を考える―学問のためのブックガイド（アジア遊学150)」勉誠出版
5月　未来記の変貌と再生………………上杉和彦編『経世の信仰・呪術』竹林舎
6月　イメージの回廊（6）『釈氏源流』を読む ……………………「図書」760
6月　袋中『琉球神道記』を読み直す―読まれざる巻一から巻三まで
…「日語学習与研究163（北京・中国日語教学研究会)」日語学習与研究編輯委員会
7月　イメージの回廊（7）摩耶とマリアの授乳……………………「図書」761
7月　東アジアの仏伝文学・ブッダの物語と絵画を読む―日本の『釈迦の本地』と中国の『釈氏源流』を中心に
…………「論叢国語教育学」（広島大学教育学部国語教育学研究室）復刊3
7月　南方熊楠の説話と仏教―仏性・性・身体………………「説話文学研究」47
7月　東アジアの今昔物語集―翻訳と〈予言文学〉のことども
………小峯和明編『東アジアの今昔物語集―翻訳・変成・予言』勉誠出版

7月　（コラム 3）法会—物語形成の場…『日本思想史講座 2（中世）』ぺりかん社
7月　《単編著》『東アジアの今昔物語集—翻訳・変成・予言』…………勉誠出版
7月　《監修》『東アジア笑話比較研究』……………………………………勉誠出版
8月　イメージの回廊（8）古塔断章……………………………………「図書」762
9月　十六世紀を読む—叢生の文学史へ……………………………「文学」13-5
9月　キリシタン文学と反キリシタン文学再読—闘う文体…………「文学」13-5
9月　イメージの回廊（9）巨樹の風景…………………………………「図書」763
10月　イメージの回廊（10）『釈迦の本地』の涅槃図……………………「図書」764
11月　イメージの回廊（11）敦煌の石窟を観る …………………………「図書」765
12月　イメージの回廊（12）四方四季の季節 ……………………………「図書」766
12月　〈予言文学〉の世界、世界の〈予言文学〉
…「〈予言文学〉の世界—過去と未来を繋ぐ言説（アジア遊学 159）」勉誠出版
12月　愛宕山の太郎坊—中世天狗の一断面 ……………………「国立能楽堂」352

書名——東奔西走《とうほんせいそう》

著者——小峯和明

立教大学文学部教授。早稲田大学大学院修了。日本中世文学、東アジア比較説話専攻。物語、説話、絵巻、琉球文学、法会文学など。著書に『説話の森』（岩波現代文庫）、『説話の声』（新曜社）、『説話の言説』（森話社）、『今昔物語集の世界』（岩波ジュニア新書）、『野馬台詩の謎』（岩波書店）、『中世日本の予言書』（岩波新書）、『今昔物語集の形成と構造』『院政期文学論』『中世法会文芸論』（笠間書院）、『東洋文庫 809　新羅殊異伝』（編訳）などがある。

平成 25（2013）年 3 月 30 日初版第 1 刷発行

発行所——笠間書院

発行者——池田つや子

装　幀——笠間書院装幀室

〒 101-0064
東京都千代田区猿楽町 2-2-3
笠間書院
電話 03-3295-1331 Fax 03-3294-0996
web :http://kasamashoin.jp/
mail:info@kasamashoin.co.jp